경계의 풍경이 묻다

경계의 풍경이 묻다

삶과 죽음 사이에서 발견한
오늘을 위한 질문들

김범석 지음

종양내과 의사로서 마주한 삶과 죽음의 경계는 늘 모호했다. 20여 년 가까이 암 환자분들이 돌아가시는 과정과 눈감는 순간을 수없이 봐왔다. 내가 목도해온 죽음은 사고로 인한 갑작스러운 것이 아니라 암으로 인해 서서히 다가오는 것이었다. 나의 일터에서 삶과 죽음을 가르는 경계는 분명한 선이 아니라 늘 짙은 안개에 가려진 숲과 같았고, 환자들은 그 숲속에서 이편으로 혹은 저편으로 나아갔다. 나는 때때로 궁금했다. 임종방에 의식 없이 누워 있는 환자는 아직 이편에 있는 것일까, 이미 저편에 발을 딛고 있는 것일까. 호스피스 병동에 입원하기로 한 이 환자는 어느 만큼 저쪽에 다가간 것일까. 이 치료 방법이 잘 들어 이 환자는 조금 더 생에 가까이 서게 될까? 과연 얼마만큼? 의사로서 환자들의 여정을 함께하며 나는 늘 '아직'과 '이미' 사이 어디쯤에서 그와 내가 선 자리를 가늠해 보아야 했다.

'암'이란 병이 발생 원인과 치료 방법을 찾고 치료해보고 결괏값을 확인하는 문제이기만 했으면 조금은 단순했을지 모른다. 그러나 이 병은 그 결말이 완치이든 사망이든 발견 후부터 그 끝에 이르기까지의 과정이 길고, 동시에 사람과 사연을 달고 다가왔다. 결국 의사인 나는 내 의지와 무관하게 병과 환자와 보호자들이 그리는 풍경을 마주해야만 했다. 현장에서 바라보는 그 풍경이란 멀리서 보면 익숙했고, 자세히 보면 늘 생경한 것이었다.

종양내과 의사로서 환자들이 죽음으로 향할 때, 육체적 고통은 진통제나 완화의료로 어느 정도 조절할 수 있었지만 그 외의 것은 내 영역 밖의 일이었다. 피할 수 없는 죽음에 대한 공포와 불안, 다가오는 죽음 앞에서 터져 나오는 과거와 주변 관계들, 가슴속에 눌러왔던 복잡한 사정들은 내가 풀 수 없는 문제였다. 긴 간병에 일상을 잃어버린 보호자도 환자만큼이나 힘겨워 보였고, 사랑하는 사람을 떠나보내야 하는 이들의 고통 역시 가볍지 않았다. 그것 역시 내가 어찌해줄 수 없는 일이었다. 경계 너머 저편의 죽음도, 경계 안쪽 이편의 삶도 어느 하나 평온해 보이지 않았다.

한편으로 저마다 다른 인생사와 삶과 죽음을 대하는 태도는 늘 물음표를 던졌다. '내가 죽을 때가 되면 나는 내 아이들과 아내와 어떤 이야기를 나누게 될까?' '눈감는 곳은 어디이기를 바랄까?' 같은 개인적인 질문에서부터 '남보다 못한 가족을 가족이라고 봐야 할까?' '어린 보호자도 사실은 보호받아야 할 대상이 아닌가?' 같은 질문들, 궁극적으로 '죽음은 왜 삶으로부터 유리되어버렸나, 그것은 우리 삶에 어떤 결과를 가져왔는가' '삶과 죽음이 교차하는 이 지난하고 메마른 과정을 대체 어떻게 보내야 하는 걸까' 같은 질문에 이르기까지, 물음표는 꼬리에 꼬리를 물었다. 이런 물음과 마주할 때마다 나는 생각이 복잡해졌고, 머릿속을 정리하고 싶어서 글을 썼다. 이 경계 속 삶과 죽음이 그려내는 풍경에서 나는 의사임과 동시에 관찰자이자 기록자였다.

　박주영 판사가 자신의 책 『법정의 얼굴들』에서 말했듯이 기록하지 않으면 내가 관찰한 세상 일부가 사라지는 것 같았다. 내가 이곳에서 마주한 삶과 죽음은 때로는 무겁고 가슴 아팠지만 때로는 나를 겸허하게 하고 성장하게 했다. 환자들은 살아서 혹은 죽어서 떠났지만 그들의 삶과 서사는 그대로 사라져도 될 만큼 가볍지 않았다. 남겨두지 않으면 그 모든 것이 흘러가 버린다는 것을 알기에 기록으로 남겼다. 전작 『어떤 죽음이 삶에게 말했다』와 마찬가지로 그들의 이야기가, 그들이 던진 질문이 누군가에게 전해지기를 바라는 마음이다. 그들의 물음이 의미가 되어 다음의 누군가에게 전달되도록 하는 것, 그것이 내가 글을 쓰는 이유이다. 의사로서 삶과 죽음의 경계를 들여다볼 사회적 특권을

얻은 나로서는 그들에게 진 빚을 조금이나마 갚았으면 하는 바람도 있다.

과문한 나는 그저 내가 보고 듣고 경험한 것을 겨우 썼다. 일간지에 썼던 칼럼 중 일부도 가져와 다시 매만졌다. 연재 당시 분량에 제한이 있었기 때문에 하고 싶었던 이야기를 제대로 전달하지 못했던 것 같아서 책을 기회로 삼아 덧붙여보았다. 전작인 『어떤 죽음이 삶에게 말했다』가 죽음을 통해 삶을 돌아보기를 말했다면, 이 책을 통해서는 삶과 죽음의 모호한 경계 속에서 내가 마주한 질문들을 공유하고 싶었다. 1부에서는 우리가 떠날 때 생각해봐야 하는 것과 사랑하는 사람을 어떻게 떠나보내야 할지를 이야기해보았고, 2부에서는 병과 죽음에 수반되는 현실적인 이슈에 관한 생각을 담았다.

삶과 죽음의 경계에는 비슷하면서도 저마다 다른 풍경이 펼쳐진다. 그리고 우리는 반드시 언젠가 그 풍경 속에 서게 된다. 지금도 여전히 누군가의 어제가 누군가의 오늘에, 누군가의 오늘이 누군가의 내일에 영향을 미치고, 우리는 그렇게 연결되어 있다고 생각한다. 조금만 주변으로 시선을 돌리면, 우리에게는 삶을 관찰할 기회가 많고, 우리는 그렇게 다양한 삶을 거울삼아 스스로를 돌아보며 나아질 수 있다. 그렇기에 삶과 죽음 사이, 이 경계의 풍경 속에서 우리 자신을 마주한다면, 삶과 죽음의 의미를 발견한다면 우리의 남은 삶이 조금 더 깊고 풍요로워지리라 믿는다. 누군가의 삶과 죽음이 당신의 지금 삶으로 이어지길 바란다.

— 2024년 2월, 김범석

차례

I.

어떻게
떠나보내고,
떠나야 할까

리추얼

제주도는 아름다운 섬이다. 푸르다 못해 에메랄드 빛을 띄는 투명한 바다, 해안가를 따라 이어지는 야트막한 검은 돌담길, 그 사이로 펼쳐진 샛노란 유채꽃 들판, 이국적 풍경을 자아내는 훤칠한 야자나무, 어디서든 보이는 우뚝 솟은 한라산. 서울에서는 결코 느낄 수 없는 제주도만의 분위기. 나는 그런 제주도를 좋아한다. 서울대병원의 인턴, 레지던트 과정 중에는 '제주대병원 파견'이 있었고, 그 시절 나는 이때를 손꼽아 기다리곤 했다.

제주대병원의 근무는 상대적으로 서울대병원보다 여유가 있었다. 중환자도 적었고 24시간 일하면 24시간 휴무도 보장되었다. 그 덕분에 휴일에는 제주도 이곳저곳을 돌아보기도 하고 동료들과 맛집을 찾아다니기도 했다. 인턴 시절, 제주대병원에서 파견 근무를 하던 그날도 그랬다. 어제의 근무도 다 마쳤고 오늘은 휴일이겠다, 잠도 좀 잤겠다, 어디에 가서 뭘 먹지 궁리하고 있는데 갑자기 걸려온 전화 한 통에 휴일 오후의 평온함이 깨졌다.

"김 선생, 오늘 오프Off지? 환자 이송 좀 해줘야겠어."

옛날 제주도 토박이들은 '객사'를 무척 싫어했다. 이들에게는 병원도 객지여서 병원에서 죽는 것도 객사라고 여겼다. 그래서 병원에 입원해 있던 환자가 임종이 임박하면 환자를 빨리 퇴원시켜 환자가 살던 집으로 데리고 가 집에서 임종하도록 했다. 지금은 많이 바뀌었지만 20년 전만 해도 그 문화가 남아 있었다. 육지 사람들은 죽음을 맞기 위해 병원을 찾지만 제주 사람들은 임종을 위해 병원을 떠났다. 다만 이런 경우에는 환자가 위중하기 때문에 환자를 이송할 때 의사가 앰뷸런스에 동승해야 했는데, 근무 중인 사람이 병동을 비울 수 없으니 비번인 사람 중 한 명이 맡곤 했고, 그날 그 비번이 바로 나였다.

'아… 오늘 오프인데 왜 하필 나람.'

통화가 끝나자마자 한숨이 나왔다.

'아니, 남들은 병원에 입원을 못 해서 안달인데, 그냥 병원에서 돌아가셔도 될 텐데 왜 굳이 집에서 돌아가시겠다고 그러는 걸까.'

젊은 나이였고 놀러갈 생각에 한껏 부풀어 있다가 불려가게 되었으니 흔쾌할 리 없었다. 입이 한 댓 발 나온 채로 구시렁거리며 주섬주섬 청진기, 펜라이트, 가운을 챙겨 들고 병원으로 갔다.

이송해야 하는 환자는 한눈에도 상태가 안 좋아 보이는 말기 암 환자였다. 피골이 상접해서 앙상히 골격만 남은 얼굴은 '나는 오래 투병한 암 환자입니다'라는 사실을 말해주고 있었고, 환자는 이미 의식도 거의 없었다. 기도절제술이 되어 있는 목에서는 그르렁그르렁 가래가 끓었다.

환자를 인계받고 앰뷸런스에 올라탔다. 사실 집으로 임종하러 가는 환자였기에 딱히 인계라고 할 것도 없었다. 그냥 환자의 집까지 무사히 이송하기만 하면 됐다. 그 당시 제주도에서는 출발 지점에서 아무리 멀어봐야 40분 이내로 목적지에 도착할 수 있었기 때문에 이송 중 문제가 생기는 경우는 거의 없었다. 게다가 임종을 위해 이송하는 환자는 집에 도착하면 보통 하루 이틀 내에 사망하는데, 집에 도착한 이후부터는 병원 소관이 아니었고 환자 가족의 몫이었다. 그럼에도 불구하고 앰뷸런스에 인턴이 동승하는 것은 병원에서 의사를 대동해 최대한 예우하여 환자를 보냈다는, 병원으로서도 최선을 다했다는 일종의 의식이자 절차였다. 병원도 알고 환자의 가족들도 아는 그런 형식적인 절차에 고급 인력을 투입할 수는 없으니 보통 새파란 '초짜' 인턴 의사가 환자와 동행했다.

그런데 그날은 좀 이상했다. 평소에 길이 막히는 일이 별로 없던 제주 시내가 도로 공사 때문에 차가 좀처럼 앞으로 나아가지 않았다. 시간이 지연되면서 환자 상태는 점점 안 좋아졌다. 병원에 있을 때는 산소도 충분히 공급하고 수액 치료도 하고 승압제(혈압을 인위적으로 올리는 약)를 쓰면서 버틸 수 있었지만 약이 끊기자 환자 상태는 급격히 나빠졌다. 그러나 앰뷸런스 안에서 할 수 있는 것이 별로 없었다. 그 안에 있는 의료 장비라고 해봐야 고작 산소통 정도가 다였다. 할 수 없이 산소를 연결하고 기도절개된 부위로 앰부 배깅(스스로 호흡이 힘든 환자에게 럭비공 모양의 산소 공급 장치를 손으로 쥐어 짜면서 산소를 폐로 불어넣어주는 의료 행위)을 시작했다.

환자의 자발 호흡에 맞춰 산소를 천천히 불어넣었다. 환자 얼굴에서 창백함이 조금 가시는 것 같았다. 하지만 그것도 잠시였을 뿐, 산소통의 산소 수치가 점차 떨어지기 시작했다. 분당 5리터로 산소가 투여되도록 맞춰 놓은 눈금이 천천히 떨어지더니 2리터까지 곤두박질쳤다. 다시 산소 눈금을 올려놓아도 다시 찔끔찔끔 떨어졌다. 이상해서 다시 봐도 마찬가지였다. 알고 보니 앰뷸런스 산소통 안에 산소가 얼마 없었던 것이다.

'아니, 어떻게 앰뷸런스에 기본적인 산소가 없나. 이를 어쩌지….'

황당한 일이었지만 방법이 없었다. 운전하는 구급대원에게 산소통의 산소가 떨어지는 것 같으니 운전을 멈추고 와서 좀 봐 달라고 할 수도 없었고, 다시 병원으로 돌아가서 산소통을 교체하고 가자고 할 수도 없었다. 앰뷸런스라고 해도 분초를 다투며 응급환자를 살리려고 가는 게 아니다 보니 당연히 사이렌도 울리지 않았고, 다른 차들처럼 별수 없이 꽉 막힌 도로에 갇혀 있어야 했다. (앰뷸런스 사이렌은 꼭 필요한 때만 울린다.) 식은땀이 흘렀다. 시간이 느리게 흐르는 것만 같았다.

환자의 팔다리가 점점 차가워졌고 맥박은 너무 약했다. 앰부 배깅하는 손에 저항감이 느껴지기 시작했다. 환자의 폐가 뻑뻑하다는 느낌이 들었다. 환자가 위중하다는 신호였다. 자발 호흡이 있는지 확인하기 위해 살짝 앰부 배깅을 멈췄다. 1초, 2초… 3초… 4초… 10초…. 한참을 기다려봐도 자발 호흡이 없었다. 환자가 진짜 죽으면 어쩌나 싶어서 다시 앰부를 쥐어짜 산소를 환자의 폐 속으로 억지로 밀어 넣었다. 혹시나 싶어 펜라이트로 환자의 동공을 확인해보니 동공이 살짝 풀린 것 같았다. 맥박도 여전히 잘 잡히지 않았다. 아무래도 돌아가신 것 같았다.

'아… 이를 어쩐다….'

아무리 예정된 죽음을 향해 가는 환자여도 막상

환자가 내 눈앞에서 죽으면 내가 무언가를 잘못해서 사망한 것만 같다. 산소가 없어서였을까? 내가 앰부 배깅을 잘못했나? 승압제가 끊겨서 그런가? 병원에서 좀 더 빨리 출발했으면 괜찮았을까? 온갖 억측이 머릿속을 헤집었다. 다른 동료들이 임종하는 환자를 이송할 때는 다들 별일 없던데 왜 나에게만 이런 일이 생겼는지 당혹스러웠다. 그 당혹감은 이내 막막함으로 바뀌었다. 괜히 잘 나오지도 않는 산소를 올려보고 앰부 배깅을 더 세게, 자주 해봤지만 소용없었다. 사망 진단에 필요한 심전도 같은 의료장비가 없어서 병원에서처럼 단정할 수는 없었지만 아무래도 환자는 돌아가신 게 맞는 듯했다.

사람들은 보통 삶과 죽음이 명확히 경계가 나뉘어지는 것이라 생각하지만 현실은 그렇지 않다. 그 경계가 어디인지는 늘 모호했다. 삶과 죽음은 정확히 이분할 수 없다. 임종을 목전에 둔 환자도 이미 죽었는지 아직 살아 있는지 애매할 때가 많았다. 그날 눈앞의 환자도 그랬다. 하지만 시간이 조금 더 지나자 이 환자는 이미 이 세상을 떠났다는 사실만 더 명확해졌다.

난감했다. 길바닥 한가운데, 앰뷸런스 안에서 사망 선언을 할 수는 없었다. 애초에 객사하지 않고 집에서 임종하기 위해 퇴원하던 길이었다. 집에서의 임종이 안 된다면 그냥 병원에서 임종하는 게 나았다. 길바닥에서 사망 선언을 하다니. 이것이야말로 분명한 객사가 아닌가. 앰뷸런스에 함께 타고 있던 가족들 눈치를 한번 보았다. 가족들은 이런 상황을 아는지 모르는지 환자만 쳐다보고 있었다. 배운 대로라면 사망 선언을 해야 했지만 나는 차마 그러지 못했다.

가족들과 눈을 마주칠 자신이 없어서 고개만 푹 숙인 채 애꿎은 구실을 찾았다. 아무래도 내가 오진한 것 같아, 자발 호흡이 있었지만 차가 흔들려서 내가 못 느낀 거야, 내 손끝이 둔해서 맥박을 못 잡은 거겠지…. 실제로 손으로는 맥박이 잡히지 않는데 심전도로 정밀하게 보면 심장 파형이 나오는 일이 종종 있으니 아직은 임종이 아니라고 생각했다. 아니, 그렇게 믿고 싶었다. 하지만 정확히 알고 있었다. 환자가 이미 숨을 거뒀다는 사실을. 그걸 알면서도 죽은 몸에 공기를 불어넣으면서 마치 환자가 아직 살아있는 양 쇼하는 것 같아서 괴로웠고 내가 정직하지 못한 사람처럼 느껴졌다. 솔직하게 사망 선언을 해야 하는지 계속 망설였다.

다행히 막히는 구간이 끝나자 앰뷸런스는 속도를 내서 달렸고, 내가 망설이는 사이에 제주도 중산간 즈음에 위치한 어느 시골 마을에 들어섰다. 나지막한 검은 돌담 사이 좁은 길로 들어선 앰뷸런스가 어느 집 앞에 멈춰 섰을 때, 환자를 기다리고 있던 그의 친척들과 마을 사람 십여 명이 나와서 환자를 맞았다. 환자가 임종해야 할, 환자의 집에 도착한 것이다.

구급대원 한 분과 가족들의 도움을 받아서 환자를 안방에 고이 눕혔다. 그런 와중에도 내 머릿속은 온통 언제 사망 선언을 해야 하는가에 꽂혀 있었다. 어느 정도로 적당히 앰부 배깅을 하다가 어느 시점에 사망 선언을 해야 하는 것인지 고민했다. 앰부 배깅을 계속할 수는 없는데 환자를 눕히자마자 멈추면 환자의 사망 사실을 숨긴 채 여기까지 온 것처럼 보일까 봐 두려웠다. 이제 와서 사실 환자는 이미 앰뷸런스 안에서 돌아가셨는데 차마 말하지 못했다고 실토할 수는 없었다.

다행히 가족분들 중 그 누구도 나에게 환자 상태는 어떤 것 같냐며 묻지 않았다. 환자가 이미 돌아가신 것 아니냐고 따져 묻는 사람도 없었다. 분명히 가족들 중 나이가 있고 경험이 많은 분이라면 이미 싸늘하게 식어버린 환자의 체온을 느끼고 환자가 이미 사망했다는 것을 알아챘을 수도 있었다. 그런데도 환자에 대해서는 아무런 이야기가 나오지 않았다. 그 침묵이 더 무서웠다. 그렇다고 내가 먼저 말을 꺼내기도 두려워서 나는 그저 말없이 앰부만 짜댔다.

그때였다. 나이 많은 가족 한 분이 환자에게 천천히 다가왔다.

"집 떠난 고생 많았수다예. 이젠 우리 집의 완예. 편히 쉬서게⋯."

그분을 시작으로 마치 다들 약속이라도 한 듯, 한

분 한 분 누워 있는 환자에게 다가와 작별 인사를 하기
시작했다.

"이젤랑 아프지 맙서."

"나가 옆의서 가족들이랑 몬 챙길 거난예, 걱정 말
고 펜안히 갑서.

"그동안 잘해주지 못핸 미안해. 날랑 용서해주고,
서운헌 거 이서도 몬 풀고 가라."

"○○ 아방, 그동안 고마완예. 이젠 우리 걱정이랑
안 해도 돼예. 우린 잘 살 거마씨."

"참말로 고마왓수다."

"사랑햄수다. 우리한티 해줘난 거 잊어불지 않으
쿠다."

가족, 친척, 동네 이웃, 친구들 한 분씩 돌아가며
환자의 차가워진 손을 잡고 흐느끼며 마지막 인사를
고했다. 환자가 병원에 있었다면 이 모든 사람이 다 찾
아오기는 어려웠을 것이고, 하지 못했을 인사였다. 졸지

에 나는 마치 신성한 의식을 집전하는 사제처럼 환자의 머리맡에서 그들의 인사를 들었다. 고해성사처럼 울려 퍼지는 작별 의식을 묵묵히 바라보았다.

그렇게 마지막 한 사람까지 인사를 모두 마쳤을 때, 앰뷸런스에 동승했던 환자의 부인이 나를 쳐다봤다. 그것은 마치 신호 같았다. 나는 지금이 사망 선언을 해야 하는 시점이라는 사실을 알아챘다. 앰부 배깅을 멈추고 잠시 기다렸다. 환자에게 자발 호흡은 없었다. 환자의 심장이 이미 뛰지 않는 것을 알고 있었지만 청진기를 환자의 심장에 대고 심장 박동이 멈춘 것을 다시 확인했다. 이미 반응이 없다는 것을 알고 있었지만 펜라이트로 천천히 다시 한번 동공 반사를 확인했다. 나의 행위 하나하나를 환자의 온 가족과 친지들, 지인들이 쳐다보고 있었다. 나는 신성한 의식을 치르듯이 조심히 펜라이트를 내려놓고 정성껏 환자의 두 눈을 감겼다. 마지막으로 시계를 보고 최대한 정중하게, 그리고 나직하게 말했다.

"○○○ 환자분, 2002년 5월 □□일 □□시 □□
분 사망하셨습니다."

초짜지만 하얀 가운을 입은 사제가 한 사람의 생
이 끝났음을 공식적으로 선언하자 가족들은 오열했다.
참았던 눈물을 쏟아냈고 곡소리가 퍼지기 시작했다.
그 순간 나는 천천히 일어나 뒤돌아 나왔다. 임종을 위
한 긴 의례가 그렇게 끝났다.

'리추얼ritual'이라는 영어 단어가 있다. '의식, 절차,
제의적 의례'라는 뜻이다. 사람들은 성스러운 절차를
통해 보통의 순간을 의미 있는 순간으로 만들곤 한다.
리추얼은 그것이 행해지는 순간에 특별한 의미를 부여
하고, 그 의미는 때로 삶이 이어지는 원동력이 되기도
한다. 사람들에게는 누구에게나 자기만의 리추얼, 의식
이 있다. 그때를 되돌아보면 그날 환자의 사망 시간은
중요하지 않았다. 남은 사람들이 마음의 준비를 하고
그들만의 리추얼을 치를 수 있느냐가 중요했다. 환자가

객사하지 않고 집에서 임종하는 것이 환자를 위해서만 필요했던 게 아니었다. 남은 사람들이 고인을 온전히 떠나보낼 수 있는지가 중요했고, 그러기 위해 그들만의 의식이 필요했던 거였다. 그날 그 자리에 있던 사람들은 이를 위해 환자를 집으로 모셔왔고 그들이 원하는 대로 준비한 의식을 마친 셈이었다. 나는 그때 삶과 죽음의 경계에서도 그와 같은 리추얼이 필요하다는 사실을 깨달았다.

나는 아직도 그분의 정확한 사망 시간을 모른다. 분명한 점은 내가 선언한 사망 시간은 실제 생물학적 사망 시간은 아니었다는 점이다. 사망 시점에는 그렇게 타협의 여지가 있었고, 죽음도 삶만큼이나 인위적이었다. 아마 가족들도 알고 있었을 것이다. 환자가 이미 사망한 상태였다는 것을 모를 리 없었다. 그럼에도 서로 침묵하며 서로의 의식을 존중하며 지켜주었고, 병원이었다면 할 수 없었을 그들만의 의식을 그들만의 공간에서 치렀다. 남은 사람들은 고인을 그렇게 마음속에 품으며 떠나보냈을 것이고 그들의 남은 삶을 이어 나갈 것이었다. 그것으로써 충분했다.

그때로부터 20년 가까이 지났다. 그러나 지금도 그때 내가 경험한 그들만의 '리추얼'은 남은 사람들이 고인을 잘 떠나보내고 자기 삶을 잘 꾸려갈 수 있도록 하는 신성한 의식이었다고, 그런 의식을 통해서 우리는 누군가의 빈자리를 메우며 각자의 삶을 채워 나갈 수 있을 것이라고 믿는다.

상실과 애도

"선생님, 왜 우리 아빠에게만 이런 일이 생긴 건가요? 무엇이 문제였던 걸까요?"

그녀는 나에게 따져 물었다. 그녀의 아버지는 65세 비소세포폐암 환자였다. 그는 암을 진단받을 때부터 우여곡절이 많았다. 담배를 좀 피우긴 했지만 건강에 큰 이상이 없었는데 갑자기 숨이 차서 대구의 한 병원을 찾았다. 병원에서는 폐에 물이 찼다고 했고 물을 뺀 뒤에 여러 검사를 해본 결과 암은 암인데 무슨 암인지 분명하지 않다고 했다. 급한 마음에 그 길로 서울의 큰 병원인 A병원 응급실로 향했지만 응급실에서는 응급이 아니니 외래로 가라며 2주 뒤로 외래를 잡아주고 환자를 퇴원하게 했다. 환자의 딸은 소위 용하다는 '빅5' 병원의 유명한 교수들의 외래를 찾아보고, 그중 빨리 예약이 되는 곳을 알아보고, 평소에 연락 한 번 하지 않았던 지인들의 인맥을 이용해서 외래를 당길 수 있는지 여기저기 알아봤다. 무엇 하나도 여의치 않던 중에 어찌어찌 가장 빨리 잡힌 외래가 서울대병원의 내 외래였다.

　환자는 입원 후 받은 여러 검사에서 비소세포폐암, 그중에서도 '육종양폐암'이라는 아주 드물지만 독한 유형의 폐암을 진단받았다. 요즘은 좋은 표적항암제나 면역항암제가 많이 나와서 폐암 치료 수준이 많이 높아지기는 했지만 육종양폐암만은 유독 예외였다. 온갖 항암치료를 다 해봤지만 이 환자에게는 소용이 없었고 환자의 상태는 계속 나빠져만 갔다.

"암이 나빠졌네요. 다른 항암제로 바꿔 봅시다."

"이번 항암제가 안 들으면 어떻게 하죠?"

환자의 딸은 불안해했다. 회진 때마다 질문을 쏟아냈으나 사실 그것은 그녀의 초조와 불안에서 비롯된 물음이었다. 질문을 받다 보면 내가 다 불안해질 정도였다. 예정된 이별의 시간은 다가오고 있는데 그녀는 받아들일 준비가 전혀 되어 있지 않았다. 어쩌면 아예 마음의 셔터를 내리고 귀를 막고 눈을 감은 것 같았다. 현실과 그 현실을 받아들이지 못하는 마음 사이의 거리는 멀었고, 그만큼 다른 무언가를 찾아 헤맸다.

"게르마늄이라도 할까요?"

"온열 치료가 좋다는데 어떻게 생각하세요?"

회진을 돌다가 보면 환자가 누운 자리 한구석에 온갖 건강보조식품이 쌓여갔지만 나는 모른 척했다.

환자의 가족은 환자와 부인, 딸, 아들로 구성된 4인

가구였다. 아들은 직장이 멀고 바빠서 거의 오지 못했고, 환자의 간병은 미혼이고 프리랜서로 일하는 딸이 주로 했다. 딸과 아버지의 관계가 유독 돈독했다. 이야기를 들어보니 딸은 어렸을 때부터 이 다음에 커서 아빠랑 결혼할 거라고 했을 만큼 부친을 유난히 좋아하고 따랐고, 아버지인 환자 역시 딸바보여서 딸을 끔찍이도 아끼고 사랑하며 키웠다고 했다.

그러나 모든 병이 그렇듯, 암도 나이나 지위, 관계를 따지지 않고 찾아온다. 암은 생물학적인 원리에 따라서 제 갈 길을 갈 뿐, 사람 사이의 관계에 영향받지 않는다. 환자와 가족이 서로 무척 사랑한다고 해서 암세포가 '아, 내가 빨리 자라면 안 되겠구나, 내가 사라져야 이 가족이 행복하겠구나' 하면서 소멸할 리 없다. 일어날 일은 일어나고 마는 것이다. 여러 방법으로 치료해봤지만 환자 폐 속의 암 덩어리는 계속 커졌고 더 쓸 수 있는 항암제가 없었다. 환자는 암 진단을 받고 6개월이 채 되지 않아서 호스피스 상담을 받기에 이르렀다.

"이제는 정말 방법이 없는 건가요? 면역항암제라는 게 좋다고 들었는데 우리 아빠도 그거 써보면 안 될까요?"

"지난번에 썼던 항암제가 면역항암제였는데 안 들었잖아요. 이제는 받아들일 것은 받아들입시다."

"그럼 이제 우리 아빠는 돌아가시는 건가요? 어떻게 좀 해주세요. 왜 이런 일이 저에게만 생기죠?"

치료 대상은 환자였지만 정작 내 에너지는 온통 보호자인 딸에게 집중되었다. 환자의 회진은 딸의 불안만 상대하다 끝나곤 했다. 인터넷 좀 그만 보라고 해도 그녀는 끊임없이 온라인으로 온갖 정보를 찾아보며 불안해했다. 인터넷에서 암에 좋다는 것을 발견하면 보물이라도 찾은 듯이 바로 내게 와 득달같이 말했다. 반면 불안해하는 딸과 달리 환자는 별 말이 없었다. 나는 괜찮다, 딸아이가 걱정이다, 딸이 좀 예민해서 그런 것이니 선생님이 좀 이해하시라, 같은 말만 반복했다. 의사가 환자의 병에 신경 쓰지 못하고 보호자인 딸에게만 신경 쓰게 되니 환자에게 손해였지만 딸이 그런 것을 알 리 없었다. 환자 몸속의 종양은 계속 커졌고 며칠이 지나 환자는 결국 세상을 떠났다.

　사랑하는 사람, 가족, 친구, 직장 동료, 반려동물… 우리는 수많은 존재와 관계를 맺고 헤어짐을 겪는다. '회자정리會者定離'라는 네 글자에 담기에 헤어짐의 형태는 이별, 사별, 일방적 통보, 예고된 이별 등 다양하다. 그러나 모든 헤어짐의 끝은 '상실'이고 상실은 누구나 경험한다. 심리학자 가이 윈치는 『상실을 이겨내는 기술』(생각정거장, 2020)에서 사랑을 잃어본 사람이 느끼는 고통에 대해 이렇게 표현했다. "부서지는 마음, 마치나 혼자 다른 세상에 있는 것 같은 비현실감, 아무 일도 없는 듯이 살아가는 주변 사람들에 대한 원망과 분노, 그들과의 단절감." 이 같은 상실감이 심해지면 자기 자신이 사라지는 것 같은 느낌마저 든다. 환자의 딸도 그랬던 것 같았다.

　환자가 세상을 떠나고 얼마 뒤 그 딸이 외래로 찾아왔다. 한눈에 보기에도 수척했다. 잠을 통 못 잔다고 했다. 입맛이 없어서 밥도 제대로 못 먹은 모양이었다. 예민해지고 피곤하고 감정 변화가 심해졌고 기분이 금세 바뀌고 이유 없이 눈물이 흐른다고 했다. 부친이 죽은 것이 자신 때문이라는 죄책감까지 느끼고 있었다. 그녀는 아버지의 흔적을 찾아서 이 병원까지 왔다가 내 외래 진료가 끝난 것을 보고 진료실 문을 열고 찾아온 거였다. 그녀는 끊임없이 같은 질문을 되풀이했다.

"선생님, 왜 우리 아빠에게만 이런 일이 생긴 건가요? 무엇이 문제였던 걸까요? 아빠는 담배도 별로 안 피웠는데…."

그녀에게만 이런 일이 생긴 것이 아님을, 세상 모든 사람들이 이별과 상실을 겪고 살아가고 있음을, 환자의 경우에는 그저 치료가 잘 안 되었던 것임을 이야기했지만 그녀는 계속 물었다.

"그래도 왜 우리 아빠에게만 이런 일이 생긴 건가

요? 무엇이 문제였을까요? 그때 조금만 더 서울에 빨리 모시고 올라왔으면 이렇게까지는 안 되지 않았을까요?"

헤어짐의 이유를 정확히 알지 못하면 이별의 슬픔에서 벗어나기가 더 힘들다. 마치 오랜 연인으로부터 아무런 설명 없이 일방적으로 이별을 통보받은 경우와 비슷하다. 분명히 이별을 향한 어떤 조건이 갖춰지는 순간 상대는 헤어짐을 선택했을 것이다. 그런데 그 이유가 너무 사소한 것이거나 혹은 상대방에게 큰 상처가 될 수 있을 때, 상대는 일일이 설명하지 않고 말없이 돌아서기도 한다. 그런 경우 남겨진 사람은 끝내 이별의 이유를 알 수 없고, 그런 채로 헤어짐을 받아들이고 납득하기 위해서, 상실의 고통을 추스르기 위해서 긴 시간을 보내야 한다.

암으로 인한 이별과 상실도 이와 다르지 않다. 암이 왜 나빠졌는지 왜 치료 효과가 없었는지 정확히 알기 힘들다. 사실 의사들도 잘 모른다. 세상 일이 어떤 원인과 조건이 갖춰지면 발생하듯이 암도 생물학적 원리에 의해서 어떤 원인이 있으면 생기고 조건이 맞으면 자란다. 암 치료라는 것은 결국 암이 발생하는 원인을 없애거나 암이 자라는 조건을 변형시키는 것이다. 동일한 치료 방법이 어느 환자에게는 매우 효과적이지만 어느 환자에게는 통하지 않을 수 있다. 인간의 지식이 완전하지 못해서 아직 그 원인을 다 밝혀내지는 못했다. 그래서 지금 이 순간에도 누군가는 그 질문에 대한 답을 찾아 연구를 하고 있고 새로운 시도를 하고 있다. 정확한 발병 원인을 알게 되면 암 치료는 훨씬 더 발전해 나갈 것이다.

어쨌든 분명한 사실은 그녀 아버지의 암이 악화된 것이 그녀의 잘못은 아니라는 것이었다. 환자 생전에 그녀는 이미 충분히 할 만큼 최선을 다했다. 그러나 그 사실을 아무리 이야기해줘도 그녀는 계속 아버지가 돌아가신 원인을 찾아 헤맸다. 지나간 시간 속에서, 때로는 다른 사람들에게서, 때로는 자기 자신에게서 무엇이 잘못이었는지 헤집었다. 서울 A병원 응급실에서 내

쫓지만 않았어도. 그때 게르마늄 요법을 조금 더 일찍 시작했더라면…. 다른 신약 항암제를 썼더라면….

폐쇄적인 사고 속에서 쳇바퀴를 돌 듯 같은 생각을 반복하면서 분별력이 마비된 것 같았다. 자신의 비통함이 끝나지 않는 것에 명분을 만들어냈고, 과거의 모든 상황을 과도하게 해석했다. 그 같은 자신의 생각을 타인에게 이야기했을 때 상대가 공감해주지 않으면 화를 참지 못했다. 그러다 보니 점차 지지 체계가 무너졌다. 처음에는 그녀의 슬픔을 받아주던 친구들도 가족도 하루 이틀 시간이 지나면서 조금씩 멀어졌다. 도돌이표 사이를 벗어나지 못하는 사고를 받아내는 것은 모두에게 버거운 일이다.

그러나 다른 사람들이 느끼는 부담과 버거움만큼 그녀는 분노했다. 자신에게는 소중한 사람이 죽고 사라졌는데 사람들은 아무 일 없었다는 듯이 살아가고 있기 때문이었다. 그 분노는 가족에게도 향했다. 그러나 남동생도 아버지를 잃었고 어머니도 남편을 잃었으니 두 사람도 힘들었을 것이다. 그럼에도 불구하고 그녀가 당신들은 왜 나만큼 슬퍼하지 않느냐고 물었을 때, 두 사람은 어떻게 대답해야 했을까?

　한편으로 그녀는 아버지를 상실한 고통의 크기가 아버지에 대한 사랑의 크기와 비례한다고 여기는 것 같았다. 그러니 누구의 어떤 말도 위로가 되지 않을 거였다. 그렇게 상실의 고통을 인정받지 못하고 주변으로부터 지지받지 못한다고 느끼면 그나마의 지원도 스스로 거부하게 된다. 결국 이런 경우 그녀 같은 사람은 고립되어 말라가고, 다시 상실로 인한 고통은 증폭된다. 악순환이었다.

　사실 누군가를 떠나보낸 뒤에 애도를 잘하고 못하는 것은 떠난 이에 대한 사랑의 깊이나 진실함과는 별개의 문제라고 한다. 정신과 의사 김혜남의 『나는 정말 너를 사랑하는 걸까』(갤리온, 2007)에는 소위 잉꼬부부라고 불리던 사람들이 사별하면 다른 사람들의 예상을 깨고 금방 새로운 사랑을 찾는다는 이야기가 나온다. 새로운 사랑을 빨리 찾는다고 해서 예전의 사랑이 깊지 않았던 것은 결코 아니라고도 한다. 새로운 사랑은 지난 사랑에 대한 배신이 아니다. 사랑의 크기와 애도의 크기도 비례하느냐 아니냐의 문제가 아니다. 중요한 사실은 그저 잘 떠나보내느냐 그렇지 못 하느냐에 있을 뿐이다.

그런 측면에서 진정한 애도는 떠난 사람뿐만 아니라 '그 사람을 사랑했던 나 자신'을 잘 놓아주는 일인지도 모르겠다. 떠난 사람도, 그를 사랑했던 나도 흘러가는 강물에 놓아주고, 그 강물이 흘러가는 것을 담담히 바라보는 일. 더 이상 과거가 현재와 미래를 잡아먹지 않도록 보내주는 일. 과거를 살지 않고 현재를 사는 일. 지나간 시간 속의 나를 포함해 그 시간을 용서하는 일. 이것이야 말로 진정한 애도가 아닐까?

몇 년의 세월이 지난 지금은 그녀가 어떻게 지내는지 알지 못한다. 그때 나를 찾아왔던 날 이후에는 모쪼록 아버지를 잘 떠나보냈기를, 이제는 상실의 고통에서 벗어났기를, 자기 삶을 온전히 살아가고 있기를 바랄 뿐이다.

1이 사라지지 않는 카톡

한 사람이 세상을 떠나면 장례가 끝난 뒤에도 유가족이 해야 할 일은 많다. 사망신고도 해야 하고 고인의 은행 계좌도 정리해야 하고 유품도 정리해야 한다. 짧건 길건 한 사람이 이 세상에 왔다 간 흔적을 지우는 일은 생각보다 복잡하고 어렵다. 때로 그 흔적이 예상보다 많아서 놀라기도 하고, 별것 없어서 허무하기도 하다. 어쨌든 남은 사람은 고인의 임종 후 남아 있는 고인의 삶의 흔적을 하나하나 지워가며, 때로는 저절로 없어지기를 기다리며, 혹은 지우지 못하면서 떠난 사람을 그리워한다.

그런데 유품 중 휴대폰은 유독 정리하기 어려운 물건 중 하나다. 사망신고를 하면 몇 달 뒤 고인의 휴대폰 명의는 자동으로 소멸되는데, 요금 문제가 있으니 보통은 가족이 통신사를 방문해 고인의 계정을 해지한다. 그런데 이야기를 들어보면 휴대폰 계정을 해지하는 것이 사망신고보다 더 마음 아픈 일이라고들 한다. 휴대폰이 서로를 연결해주던 기기이기 때문이다. 지금까지는 아무리 멀리 떨어져 있어도 휴대폰만 있으면 서로의 목소리를 들을 수 있고 연결될 수 있었으니, 휴대폰 명의와 계정이 없어진다는 것은 그 같은 연결이 끊어진다는 의미다. 암 환자였던 모친을 떠나보낸 후 나를 찾아왔던 한 유가족도 비슷한 이야기를 했다.

"모든 것이 꿈인 것만 같아요. 집에 있으면 언제 그랬냐는 듯이 엄마가 현관문을 열면서 '나 왔어' 하고 들어올 것 같아요. 주고받던 문자 메시지들을 보면 메시지가 또 올 것만 같고요. 그래서 자꾸 핸드폰만 쳐다

보게 돼요."

실제로 유가족들은 때때로 전송되지 않거나 다른 사람이 받을 것을 알면서도 고인에게 문자 메시지를 보내곤 한다.

— 엄마, 잘 지내고 있어? 겨울이 와서 여기는 추워. 거기는 어때?
— 여보, 오늘은 당신 생일이구려. 생일 축하하오.
— 엄마, 그때 미안했어. 보고 싶어. 사랑해.

답장이 오지 않을 문자 메시지를 보내 놓고 속으로 많이들 운다. 평소 같으면 아무렇지도 않게 왔을 답장인데 이제는 짧은 메시지 한 줄 오지 않는 것을 보며 그제야 고인의 임종을 실감하게 되는 것이다.

"그런데 '카톡'은 좀 야속하더라고요."

사람들이 문자 메시지보다 더 많이 사용하는 메신저 카카오톡 이야기였다. 설명을 들어보니 고인이 된 가족의 사망신고를 하고 휴대폰 명의를 해지해도 카카오톡 계정은 사라지지 않는다고 했다. 그러면 이런 상황이 생긴다. 고인이 없는 '가족 단톡방'을 새로 만들기 싫어서 예전부터 써오던 단톡방을 그냥 쓰게 되는데, 그러면 그 안에서 나누는 모든 대화에는 '1'이 계속 남는다. 그 방에 있는 모든 사람이 그 숫자가 의미하는 바를 안다. 1이라는 숫자가 사라지기를 바라지만 야속하게도 그것은 절대 사라지지 않는다.

"하늘나라 어디에선가 엄마가 보고 있을 텐데 야속하게도 1이 안 없어져요. 그래도 카톡방은 차마 못 닫겠어요. 카톡방마저 없애면 정말 엄마와 완전히 끊기는 것 같아요."

그렇게 지워지지 않는 1을 바라보며 가족들은 한 사람의 부재를 실감하고 그를 그리워한다.

한편 휴대폰 명의를 해지하고 나면 고인이 쓰던 번호 소유자로 새로운 사람이 메신저의 친구 리스트에 뜨기도 한다. 그러면 가족들은 또 한참 운다고 했다. 그 번호로 저장된 계정은 영원히 고인의 것이라고 생각했는데, 그 번호로 다른 사람이 보이면 그제서야 고인이 없는 현실을 느끼게 된다고. 그래서 어떤 사람들은 세상을 떠난 가족의 휴대폰 명의를 가족 명의로 변경하고, 그 번호를 유지하고, 스팸 전화나 메시지만 들어오는 휴대폰을 열심히 충전해 살려놓기도 한다. 그렇게라도 아직은 고인을 놓고 싶지 않은 것이다. 결국 그 작은 기기가 고인과 남은 사람들을 연결해주는 한 줄기 끈으로 남는 셈이다.

　　"엄마 휴대폰을 놓아주는 날, 그날이 제가 엄마를 놓아주는 날이 될 것 같아요. 엄마를 놓아준다고 엄마를 사랑하는 제 마음이 변한 것은 아니라는 걸 엄마가 알아줬으면 좋겠어요. 그리고 그날이 너무 빨리 오지 않았으면 좋겠고, 그렇다고 너무 늦게 오지도 않았으면 좋겠어요.”

아마 오늘도 누군가는 울리지 않는 휴대폰과 1이 사라지지 않는 메시지 창을 바라보며 고인의 빈자리를 실감하고 있을 것이다. 언젠가는 상처가 아물며 새 살이 자라나듯 빈자리도 다른 형태로 자리매김하겠지만 말이다.

생전의 만남과
장례식장에서의
만남

사적인 인맥 네트워크가 중요한 우리나라에서 장
례식은 독특한 위상을 갖는다. 본디 고인의 사망을 애
도하고 추모하는 자리이지만, 우리나라에서는 고인과의
친분을 확인하는 자리가 되기도 한다. 부고를 듣고 얼마
나 빨리 오느냐, 조의금을 얼마나 많이 내느냐, 장례식
장에 얼마나 오래 머무느냐가 평소 고인과의 친분을 가
늠하는 척도가 된다. 하지만 내가 보는 관점에서는 좀
다르다.

직업 특성상 환자의 임종 한 달 전 병실 모습과 임

종 후 장례식장 모습을 동시에 볼 기회가 있다. 그분도 그랬다. 평소 개인적인 인연이 조금 있었고, 그분이 암에 걸린 후로 주치의가 되었다. 그분은 암이 나빠지며 마지막 한 달을 병원에서 보냈고, 결국 세상을 떠났다. 사회적인 명망이 높았고 대외적으로 유명했던 분이었지만 사실 마지막 한 달의 모습은 그분이 쌓아놓은 평판과는 거리가 있어 보였다. 회진 갈 때마다 그분은 혼자였다. 간병은 아들과 부인이 번갈아가면서 했고, 병문안 오는 손님은 거의 보지 못했다. 지인들에게 아픈 모습을 보여주기 싫어서 일부러 소식을 알리지 않았으리라 짐작했는데, 회진을 가서 보면 그분이 하시는 말씀은 좀 다르게 들렸다.

　　"내가 예전에는 ○○와 □도 했고, △△와도 잘 알고 지냈지…. △△랑 같이 □하면서 참 좋았는데…. ◇◇는 노래를 참 잘 불렀어. 술자리에서도 ◇◇만 오면 분위기가 좋았었는데 ◇◇는 지금 뭐하고 지내나 몰라. 바쁘겠지."

50

화려했던 왕년의 이야기를 한참 늘어 놓으면서 가깝게 지냈던 사람들 이야기를 많이 했다. 말 상대가 없어서 외로우셨는지 나를 붙잡고 한참을 이야기하시다가, 쓸데없이 친구들 이야기로 바쁜 교수님 붙잡지 말라는 부인의 타박이 있고 나서야 이야기를 멈추곤 했다. 얼마 뒤 그분은 조용히 임종했고 부인 혼자서 남편이 떠나는 순간을 조촐하게 지켰다.

　　그런데 장례식장 분위기는 고인의 임종 전과는 사뭇 달랐다. 장례식장 입구에서부터 근조 화환이 두 줄로 길게 늘어서 있었다. 더 이상 화환을 세워둘 자리가 없자 화환에서 근조 리본만 떼어서 보낸 이들의 이름만 길게 붙여두었다. 아, 맞다…. 유명하신 분이었지.

　　방귀 꽤나 뀐다는 사람들도 많이 왔다. 모인 사람들은 고인이 얼마나 대단하고 훌륭한 분이었는지, 고인과 본인의 관계가 얼마나 돈독했는지를 연신 말하면서 고인을 추앙하고 추모했다. 그분이 생전에 여러 번 이야기했지만 찾아오지 않았던 분들도 장례식장을 지키며 분위기를 주도하고 있었다.

반면 다른 환자들의 경우, 가족이 아닌데도 환자 임종 전에 병문안도 자주 오고 환자의 가족과 교대로 병간호하는 사람들이 있다. 이들은 환자의 가족은 아니지만 가족처럼 환자의 투병 생활을 돕는다. 이런 분들은 장례식장에서 보면 그다지 말이 없다. 자신이 고인과 얼마나 친분이 있었는지, 고인의 임종 전에 자신이 얼마나 열심히 병간호를 했는지 말하지 않는다. 다른 문상객이 오면 그저 조용히 그들의 이야기를 듣는다. 짐작하기로 이들 역시 무척 슬프지만 고인에게 여한 없이 했기 때문에 후회가 남지 않아서 그런 게 아닐까 싶었다.

　　생각해보면 그렇다. 고인이 살아 있을 때 잘해야지 죽고 나서 장례식장에서 잘한들 무슨 소용이 있을까? 살아 있을 때 얼굴을 봐야 하는 게 아닐까? 죽고 난 뒤 영정을 열심히 본들 무슨 의미가 있을까? 그 사람이 떠나고 난 뒤 고인과 관계가 각별했음을 상주에게 말해봐야 무엇하겠는가. 오랜 시간 암 병원의 의사로 죽음 이전과 이후를 수없이 지켜봐온 나로서는 장례식장에서 얼마나 잘하느냐보다 임종 전의 모습으로 고인과의 진짜 친분을 가늠하게 된다. 하지만 대부분의 경우, 많은 사람이 고인이 살아 있을 때 잘하기보다 장례식장에서 후회하고 아쉬워하는 편을 택한다.

요즘은 집에서 임종하는 사람이 거의 없고 대부분 병원 침대 위에서 숨을 거둔다. 마지막 순간 즈음에 이르러 병원에서 거동이 어려워지면 누군가가 보고 싶어도 볼 수 없다. 상대방에게 병원으로 오라고 하기도 미안하다. 그래서 많은 경우에 보고 싶은 사람이 있어도 연락하지 못하고 얼굴 한번 보지 못한 채 눈을 감는다. 이런 때 그 사람이 먼저 찾아와준다면, 전화라도 한 통 해준다면 무척 고마운 일이다.

우리 곁의 누군가의 마지막은 시간 맞춰 다가오는데, 우리는 그의 임종을 전해 듣고 나서야 '이렇게 빨리 돌아가실 줄 몰랐다' '좋은 분이었는데 하늘도 무심하지' '인생이 허무하다' 같은 말들을 한다. 상대가 언제나, 당연히 지금처럼 살아 있을 거라고 생각해 만남을 훗날로 미룬다. 그러나 시간은 절대 기다려주지 않는다.

가족이라는 이름,
조건과 사랑 사이

"저희 아버지 상황이 정확히 어떤 거죠?"

처음 보는 그 남자는 아버지 이름으로 외래를 예약하고 보호자 자격으로 혼자 왔다. 그의 아버지인 환자는 얼마 전에 호스피스 병원으로 의뢰했던 70세 폐암 환자였다.

"실례지만 어떻게 오셨나요?"
"저는 ○○○ 환자 아들입니다."

"지난번에 아버님과 어머님께 다 설명해드렸는데 어머님이 무슨 이야기 안 하시던가요?"

"아… 그 여자요…."

'그 여자'라는 단어에서 나는 잠시 멈칫했다. 친어머니가 아닌 모양이었다. 알고 보니 자신을 낳아준 어머니는 6년 전 암으로 먼저 세상을 떠났고, 아버지는 그 후에 그 여자와 재혼했다고 했다. 그 이후 아들에게도 자신의 가정과 아이가 생겼고 아버지와는 각자의 삶을 살았다고 했다. 두 남자에게 각기 새로운 가정이 생겼으니 각자 자기 가정에 충실한 것은 어찌 보면 당연한 한 일이기도 했다. 아버지가 암에 걸리기 전까지는 말이다.

문제는 아버지의 폐암이었다. 재혼한 부인은 투병하는 내내 늘 남편 곁을 정성껏 지켰다. 그녀는 나름대로 남편 병수발을 열심히 했고, 아무것도 모른 채로 보면 그저 헌신적인 보호자였다. 하지만 아들 이야기는 좀 달랐다.

"아버지와 어머니는 평생 금실이 좋았어요. 아버지는 어머니 병 수발도 정성껏 했고, 어머니 돌아가신 뒤에도 무척 슬퍼하셨고요. 그랬던 아버지가 어머니 돌아가시자마자 재혼하시리라고 상상도 못 했어요."

아들은 이야기를 이어갔다.

"아버지가 모아둔 재산이 좀 있어요. 그리고 그 아주머니가 나타나고 나서 아버지는 완전히 다른 사람이 되었어요."

아들은 돈 많은 홀아비를 꾀어서 유산을 가로채려고 얼굴 반반한 아주머니가 붙어서 아버지를 홀렸다고 생각했다. 아버지는 그 여자를 만난 뒤로 예전의 아버지가 아니라고 했다. 제삼자가 보기에 누구든 새로운 가정이 생기면 달라지는 것이 당연한데 아들은 그게 영 탐탁지 않은 듯싶었다. 아마 그 역시 자기 가정이 생기고 나서 많이 달라졌을 텐데도 말이다. 아들은 그 여자가 돈을 바라보고 결혼했다고 철석같이 믿고 있었다.

정말 그 두 분이 돈 때문에 결혼했는지, 아니면 뒤늦은 나이에 다시 찾아온 불꽃 같은 사랑으로 결혼했는지, 아니면 노년의 외로움을 견디다 못해 결혼했는지, 아니면 말년에 서로 의지하며 살고 싶어 결혼했는지 나는 알지 못했다. 어느 쪽 이야기가 맞는지 역시 판단하기 어려웠다. 내가 아는 사실은 그저 두 분이 늦은 나이에 결혼했고 남편은 폐암 말기가 되었으며, 재혼한 부인은 힘껏 남편의 병간호를 하고 있다는 것, 그리고 그 둘 사이에는 남편의 전처소생인 다 큰 아들이 하나 있다는 사실뿐이었다.

"그래도 제가 보기엔 그 여자분께서 헌신적으로 간병을 하시던데요."

"그런 것보다도, 아버지는 이제 얼마나 더 사실 수 있는 건가요?"

아들이 궁금했던 점은 그 여자가 얼마나 헌신적으

로 아버지를 돌보았고, 아버지가 무슨 치료를 어떻게 받았고, 얼마나 아프시며, 현재 의학적 문제점은 무엇이고, 앞으로 어떻게 돌봐야 하는지 이런 사항들이 아니었다. 아들이 궁금해한 것은 아버지의 기대여명이 얼마나 되며, 그 기대여명을 그 여자에게도 말했는가, 이것뿐이었다. 아들은 그 하나만 궁금해했다. 참고로 재산을 정리하는 일은 시간이 걸리는 일이어서 기대여명이 어느 정도 충분히 남아 있어야만 가능하다. 특히 부동산같이 덩치가 큰 재산이 그렇다.

아들은 그 여자를 만나는 일도 불편했지만 그 여자가 아버지 상황에 대해 이야기해주지 않는다고, 아버지 역시 이제는 몸져누워 판단력이 흐려지니 말씀을 잘 못 한다고 했다. 궁극적으로 그 여자가 아버지와 자신을 자꾸 떨어뜨려 놓으려 한다고 아들은 생각하고 있었다.

"이제 석 달 정도는 더 사실 수 있는 건가요?"

"예후를 예측하는 일은 원래 어려운 일이에요."

"그래도 선생님은 워낙 많은 환자를 보시니까 대충 아시잖아요. 한 달이니 석 달이니 그런 거요."

소위 의사가 '3개월 남았습니다' '6개월 넘기기 힘듭니다' 이런 식으로 이야기하는 남은 시간이 기대여명인데, 이 기대여명과 예후는 중요하다. 환자가 자신에게 어느 정도 시간이 남았는지를 알면 삶을 잘 정리하는 데 도움이 되기 때문이다. 사람들은 의사가 3개월, 6개월 이런 이야기를 하면 그 기간이 정확하리라 생각하지만, 천만의 말씀이다. 통계에 기반한 예후는 모조리 다 틀린다. 3개월보다 더 오래 사는 사람도 있고 3개월을 예측했지만 내일 돌아가시는 분도 있다. 그저 이런저런 모든 환자를 대상으로 평균을 내보니 3개월쯤 되더라 하는 이야기일 뿐이다. 통계 숫자가 개인에게 들어맞느냐는 완전히 별개의 문제이다. 그저 하나의 경향으로 이해해야 한다. 이런 사실을 잘 알고 있는 의사들은 환자가 삶을 마무리하는 데 필요한 정도로만 두루뭉술하게 이야기하기도 한다. 의사들도 정확히 몰라서 그렇다.

　그런데도 기대여명에 대해 이상하리만치 집요하게 물어보는 가족들에게는 대부분 다른 문제, 특히 유산에 대한 문제가 걸려 있다. 모두 그런 것은 아니겠지만 경험상 기대여명에 대한 집요함과 유산 문제의 크기는 대체로 비례했다. 기대여명을 정확히 알아야 그사이에 부동산도 팔고 유산 분배도 끝내고 숨겨 놓은 재산이 있는지도 알아낼 수 있다.

　아들과 대화를 나누다 보니 소송으로 넘어가는 것이 아닌가 하는 불길한 느낌이 들었다. 나는 법리적인 것은 잘 모르지만, 이 환자 부부의 경우는 처음부터 두 사람이 함께 재산을 일구며 살아온 경우가 아니라 이미 재산 형성이 된 후에 재혼한 경우이기 때문에 유산을 분배하는 데 있어서 배우자의 지분이 달라지는 것 같았다. 돈에 상관없이 아무 조건 없이 돌봄을 제공하는 보호자라면 모르겠지만, 늦게 형성된 가족, 특히 돈을 매개로 형성된 가족은 돌봄에 조건이 걸리기 마련이다.

게다가 이들 세 사람의 입장은 모두 달랐다. 아버지로서는 백세시대라는데 남은 노후가 얼마나 길지 알 수 없고, 그 노후를 결혼해서 가정을 꾸린 아들에게 다 의지할 수도 없으니 늘그막에 하는 재혼을 나쁘다고만은 할 수 없다. 오히려 함께 늙어가는 다른 동반자를 찾아 서로 의지하며 사는 것도 이해할 수 있는 상황이었다.

여자분의 입장은 또 다를 것이다. 병원에서 지켜본 바로 본인은 이 남편과 뒤늦게 만났지만 서로 좋아하고 사랑해서 재혼했고, 그렇게 잘살고 있다고 생각하지 않을까 싶었다. 오히려 자식이라고 하나 있는 아들이 아버지가 아픈데 얼굴 한번 들여다보지 않고 자식 된 노릇도 하지 않는다고 생각할지도 모른다. 그나마 본인마저 없었다면 불쌍한 이 양반 혼자서 어찌 되었을까 했을 것이다.

하지만 아들은 그렇게 생각하지 않을 수 있다. 아버지 돈을 보고 이상한 여자가 집안에 들어오더니 아버지와 자기 사이를 가로막고 병원에도 오지 못하게 하며 아버지를 빼앗아갔다고 느낄 수도 있다. 이 여자를 만나고 나서부터 아버지가 완전히 다른 사람이 되었다고 생각할 수도 있다. 어쨌든 제삼자인 나로서는 이 가족의 상황을 정확히 알기가 불가능했다.

입장이 다른 만큼 갈등이 있을 텐데, 유산에 관해서도 마찬가지였다. 아버지로서는 유산 분배를 미리 해놓을 수 없다. 유산 분배를 미리 하게 되면 아들과 부인 그 어느 쪽도 만족하지 못한다. 유산을 받으면 공돈이 생기니 좋아해야겠지만 유산 분배가 끝난 후 분쟁이 나는 경우를 많이 봤다. 자식이 아버지의 재산을 자기가 당연히 받아야 할 몫이라 생각하면 그 유산은 공돈이 아니라 내 돈이라는 인식이 강해지고, 아버지가 곧 돈으로 보이기 시작한다. 그런데 자기 몫의 돈을 타인인 그 여자가 가져간다고? 받아들일 수 없을 것이다. 그뿐만 아니라 자신이 얼마나 많이 받느냐 못지않게 그 여자가 얼마나 적게 받느냐는 더 중요하다. 이런 식으로 유산 분배는 늘 잡음을 남긴다. 돈의 액수가 클수록 더 그렇다.

설령 한쪽이 유산 분배에 만족했다고 하더라도 만족한 쪽은 이제 받을 것을 다 받았으니 환자를 돌보지 않게 되고, 만족하지 못한 쪽은 만족하지 못했으니 환자를 돌보지 않게 된다. 조건이 걸린 가족 관계에서 환자가 너무 일찍 유산을 분배하면 환자는 양쪽 모두에게 버림받고 돌봄 받지 못한 채 쓸쓸한 죽음을 맞는 경우가 많다.

　　그렇다고 유산 분배를 너무 뒤로 미루다 유산 분배가 안 끝난 상황에서 환자가 세상을 떠나면 환자 사망 후에 지루한 법정 공방이 이어진다. 하지만 환자로서는 죽기 직전까지 돌봄을 받아야 하고 사후에 벌어지는 법정 공방은 알 바 아니니, 대부분은 유산을 분배하지 않은 채 돌아가시는 편을 택한다. 그게 환자로서는 현명한 선택이 된다. 어쨌든 이런 이유로 환자의 기대여명은 중요해진다.

　　결국 그 아들은 의무기록을 복사해 갔다. 의무기록에 있는 문구 중에서 자기에게 유리한 부분에 밑줄 쳐가면서 의무기록을 해석하기 위해 애쓰지는 않았는지 모르겠다. 나 역시 내가 잘못 기재한 부분은 없는지 다시 한번 의무기록을 살펴보았다. 특히 환자가 뇌 전이가 있어서 의식이 흐려지고 판단력이 흐려졌는지 같은 점이 법적으로는 쟁점이 된다. 어느 보호자와 논의했는지 이런 점도 쟁점이 된다. 단순히 "보호자에게 설명함" 이런 문구가 있으면 이 보호자가 아들인지 부인인지 이점을 명확하게 해달라며 사망 후 몇 개월 뒤에 의사를 찾아오기도 하는데, 의사로서는 조금 난감하다. 워낙 많은 환자를 보는지라 몇 월 며칠 몇 시에 어느 보호자에게 설명했는지 기억나지 않는 경우가 대부분이기 때문이다.

이런 일로 몇 번 송사에 시달린 의료진은 최대한 명확하게 적어놓기도 한다. 보호자라고 주장하는 사람에게 신분증과 가족관계증명서를 요구하기도 하고 '부인 (김□□씨 58년 4월 15일생)에게 몇 월 며칠 몇 시에 이런 내용 설명함' 같은 식으로 기록해두기도 한다. 그렇게 하지 않았다가 남의 소송에 휘말리면 의료진도 힘들기 때문이다. 무엇이 되었든 참으로 씁쓸한 결말이다.

이런 일을 겪고 나면 사는 게 다 무엇이람 싶어진다.

　물론 피 한 방울 안 섞였어도 서로를 사랑하며 믿고 의지하는 환자와 보호자, 가족도 많다. 그저 '우리 가족은 피가 안 섞인 가족이에요'라고 대놓고 말하지 않아서 모를 뿐이다. 병원에서 혈연이지만 조건이 중요한 가족들과 피 한 방울 섞이지 않았어도 조건 대신 서로에 대한 사랑이 더 큰 가족들을 접할 때마다 궁금해졌다. 무엇이 이런 차이를 만드는 걸까. 이를테면 재혼의 시기? 가진 재산의 크기? 관계 형성의 기간? 그 이유가 무엇이든 간에 피가 물보다 진한지, 돈이 피보다 진한지, 피와 돈 중 무엇이 어떤 연유에서 우선하게 되는지 나로서는 알기가 어려웠다.

　조건 없는 사랑이란 과연 무엇일까? 그런 관계는 얼마나 가능할까. 앙상한 뼈대처럼 사랑은 사라지고 조건만 남은 가족들을 마주할 때마다 생각해보곤 한다. 우리 삶은 어디로 가는 것인지. 가족이란 대체 무엇인지.

울지 말아라

지방의 어느 사찰에서 법력이 높다는 스님의 법문을 들을 기회가 있었다. 그 스님은 법문을 짧게 하고 사람들의 질문을 많이 받는 걸로 잘 알려져 있었는데, 질문을 받으면 답이 막힘없이 답했고, 그 답은 대개 간결했다. 짧지만 여운은 길게 남는, 그런 대답들이었다. 그날도 법회가 끝나자 그곳을 찾은 사람들의 질문이 이어졌다. 그날따라 이상하게도 죽음에 대한 질문이 많았는데, 답은 예외 없이 군더더기가 없었다.

"사람은 왜 죽습니까?"

"사람은 수명이 다하면 죽습니다. 생산업이 다해도 죽고, 파괴업에 의해서도 죽습니다."✦

"사람이 죽으면 어떻게 됩니까?"

"몸이 죽고 거친 의식이 남습니다."

"임종의 순간에 어떤 마음 가짐과 자세로 죽음을 맞아야 합니까?"

"정신을 바짝 차리고 죽어야 합니다."

"정신을 바짝 차리고 죽으려면 어떻게 해야 합니

✦ 초기불교 경전인 '아비담마'에서는 업을 여러 개로 분류하여 놓았다. 업의 기능에 따라서 생산업, 돕는업, 방해업, 파괴업으로 나뉘는데, 생산업은 정신적이거나 물질적인 과보(vipāka)를 낳는 업을 말한다. 구체적으로 재생연결의 순간이나 삶의 과정에서 과보의 마음이나 업에서 생긴 물질을 생산하는 모든 선하거나 불선한 의도를 생산업이라 한다. 파괴업은 과보를 완전히 제거하는 업을 말한다.

까?"

"평소에 항상 깨어 있는 수행을 해야 합니다."

알쏭달쏭한 선문답이 이어지는 가운데 죽음에 대한 질문이 계속 나오자 나는 이때다 싶어서 손을 들고 물었다.

"직업상 환자를 임종하는 가족들을 많이 봅니다. 환자의 임종을 지켜보는 가족들에게 어떤 말을 건네면 좋습니까?"

이에 대한 스님의 답은 짧았다.

"울지 말라고 해야 합니다."

스님은 그 한마디를 하고는 입을 닫았다. 답변이 끝난 것이다. 엥? 고작 울지 말라고? 이 한마디를 들으려고 멀리서 온 것은 아니었는데 고작 들은 답이 "울지 말라"라니. 그대로 물러설 수 없어 조금 더 자세히 설명해달라고 요청했다. 스님은 내 청을 거절하지 않았고 부연 설명을 해주었다.

"사람들은 자신의 입장에서만 생각하게 되는데, 입장 바꿔 임종하는 환자 편에서 생각해봐야 합니다. 내가 먼 길을 떠나야 하는데, 가족들이 울고불고하면 마음 편히 먼 길을 떠날 수 있겠습니까. 아무리 현대 의학이 발달해도 죽음은 피할 수 없는 만고불변의 섭리인데, 떠나는 이를 정말 사랑한다면 어차피 그가 가야 하는 먼 길 앞에서 그의 발걸음이라도 가볍게 해줘야 하지 않겠습니까.

그 사람이 없으면 안 될 것처럼 슬퍼하며 난리법석을 피우면 저승 가는 사람이 힘들어서 자꾸 뒤를 돌아보게 됩니다. 길을 떠나지 못하고 그 자리에서 맴돌게 돼요. 죽음을 앞둔 이에게 아무런 도움이 되지 않는 일입니다.

죽기 직전의 순간은 다음 생을 결정하는 매우 중

요한 순간입니다. 죽음 직전, 인식 과정의 대상으로 나타난 업이 '생산업生産業'이 되어 다음 생에 최초로 일어나는 마음인 '재생연결식'*을 이끌어냅니다. 죽기 직전의 마음은 이 생의 마지막 마음이고 다음 생의 첫 마음이 됩니다. 그래서 죽기 직전의 순간이 무척 중요한데, 대부분 사람들은 이 중요한 순간에 정신이 깨어 있기 힘들죠. 곧 돌아가실 것 같아서 마지막으로 얼굴 봐야 할 사람들을 부르면, 사람들이 와서 뭐라고 합니까? 정

◆ 불교에서는 한생에서 죽음을 맞이하고 다음 생에 태어나는 것을 '재생'이라고 하고, 재생 때 한 생에서 최초로 일어나는 의식을 재생연결식이라 부른다. 사람이 죽게 되면 마지막 죽음의 의식이 있게 된다. 이번 생에서 마지막 마음을 '임종 일념'이라고 한다. 이 임종 시의 마지막 마음에 따라 다음 생이 결정된다고 불교에서는 설명한다. 일생에 한 번만 있는 이 재생연결식의 일어났다 사라짐에 따라 다음 생이 결정된다. 죽을 때의 마음인 사몰심을 원인으로 재생연결식이 일어나며, 재생연결식은 새로운 태어남을 일으키는 첫 번째 마음인 결생심을 일으켜 다음의 한 일생이 시작된다. 불교에서는 임종의 순간이 무척 중요하므로 임종을 맞는 사람에게 생전에 그가 행한 선한 일들을 기억 속에서 되살리어 행복하고 청정한 마음을 가지게 하는 것이 중요하다고 강조한다. (『사성제』, 일묵스님, 불광출판사, p.218)

신차리고 나 좀 보라고 하지 않습니까? 임종 전에는 원래 정신을 차리기가 어렵습니다. 이 중요한 순간에 정신도 못 차리고 있는데, 옆에서 사람들이 자꾸 울고불고하면 그 사람들 때문에 마음이 쓰여서 정작 그 순간을 낭비하고 제대로 떠날 준비를 못 하게 됩니다. 그러면 죽음을 앞둔 사람은 불안하게 되고 이것은 그에게 무척 안 좋은 일이에요.

그러니 떠나보내는 사람은 울지 말아야 합니다. 슬퍼하지 말라는 뜻이 아닙니다. 자기의 슬픔을 표현하느라 떠나는 당사자에게 불편과 불이익을 주지 말라는 말입니다. 편안하고 안정된 상태에서 죽음을 맞도록 도와주라는 말이지요.

죽음을 앞둔 이에게 실질적인 도움이 되는 일을 해야 합니다. 우는 대신 그 사람이 생전에 했던 좋은 일들을 이야기해주면 좋습니다. 가족끼리 행복했던 순간, 환자가 나를 사랑해주었던 순간, 어려운 사람들을 도와주었던 일들, 하다못해 함께 음식을 나눠 먹었던 일 같은 것이요. 아무리 소소해 보여도 이런 일을 이야기해주면 좋습니다. 죽기 직전에는 말할 수 없고 눈을 뜰 수 없지만 귀는 열려 있어서 들을 수는 있어요. 그러니 그 사람이 생전에 했던 선업善業을 자꾸 말해주면 좋아요. 그러면 그 선업을 기억하고 불안해하지 않고 잘 떠나게 됩니다. 그래야 다음 생에 좋은 곳에 태어나지요.

업과 윤회에 대해 잘 몰라서 이 말을 믿을 수 없다면 그냥 이렇게 생각해도 좋습니다. 곧 죽음을 맞는 사람 입장에서는 가족이 슬퍼하는 것을 보면 이렇게 생각하지 않을까요? '앞으로 내 가족들은 내가 없으면 아무것도 못 하겠구나. 슬퍼하느라 밥도 제대로 못 먹고, 바깥 출입도 안 하고 종일 집에서 울기만 하면 어떡하나. 사회생활도 제대로 못 하면 어쩌나. 내가 없으면 정말 큰일 나겠구나. 내가 죽으면 나 때문에 저 사람들이 다 불행해지겠구나.'

반대로 가족들이 꿋꿋하게 곁을 잘 지켜준다면 이렇게 생각하지 않겠어요? '우리 가족들은 나를 생각하고 보고 싶고 그리워하겠지만, 내가 없어도 꿋꿋하게 잘 살 수 있겠구나. 내 아이들이 저렇게 의연한 것을 보니 대견하네. 내가 자식들을 잘 키웠구나. 잘 커줘서 고맙네. 내가 없어도 남은 가족들끼리 힘을 합해서 의연하고 바르게 잘 살겠다. 세상 어떤 어려움도 잘 헤쳐나갈 수 있겠어. 내가 없어도 밥 잘 먹고 잘 살아주면 좋겠네.'

먼 길 떠나는 사람 입장에서 어떤 마음 상태로 떠나는 것이 좋겠습니까? 그래서 떠나보내는 사람들에게 울지 말라고 하라는 겁니다."

스님의 말씀을 듣고 갑자기 생각이 많아졌다. 그러고 보니 울고불고하는 것은 어쩌면 남아 있는 사람의 자기 중심적인 행동인지도 모른다. 가족의 죽음도 슬프겠지만 혼자 남겨지는 자신의 처지가 슬퍼서 우는 것인지도 모른다는 생각도 들었다. 진정 그 사람을 사랑한다면 자신의 슬픔은 잠시 안으로 넣어두고 그 사람이 좋은 곳으로 잘 가기를, 평온하기를 바라며 웃어줘야 하는 게 아닐까? 사랑하는 사람과의 이별 앞에서 울지 않는 것이 사랑을 표현하는 또 하나의 방법일지도 모

르겠다. 그러니 혹 지금, 아니면 곧 누군가를 떠나보내
야 한다면 눈물 대신 이렇게 말해보면 어떨까?

나는 당신 곁에 있어요.

내 걱정은 하지 마세요.

나는 이곳에서 잘 살아갈 테니

하늘에서 편히 쉬기를 바라요.

당신은 좋은 사람이었어요.

고마웠고, 사랑해요.

신여성

"선생님, 안녕하세요! 저 잘 지냈어요. 선생님도 잘 지내셨나요? 어머, 선생님 오늘은 빨간 넥타이 하셨네요? 너무 잘 어울린다. 멋있어요. 호호".

보통 외래 진료는 주어진 시간이 짧은 탓에 외래에서 의사에게 안부를 묻는 환자는 별로 없다. 그런데 그녀는 외래에 올 때마다 특유의 밝은 목소리로 내 안부를 물었다. 그녀의 목소리는 밝고 명랑한 하이 톤이어서 듣기만 해도 좋았다. 하지만 그녀의 몸 상태는 영 좋지 않았다. 담배 한 번 안 피웠건만 60세 나이에 폐암에 걸렸고, 폐암 진단을 받을 때부터 전신에 암이 퍼져 있어서 항암치료로 연명해야만 했다. 암 세포가 만들어내는 자가면역 물질 때문에 피부근염이 와서 온몸의 살갗이 붉게 염증으로 물들었다. 마치 선블록을 바르지 않은 채 이틀 동안 모래사장에 누워있던 사람처럼 피부는 벌겋게 닳아 올랐다. 피부와 근육이 점차 파괴되었고, 근육에도 염증이 있어 스스로 걷지 못할 만큼 근력이 떨어졌다. 스스로 걷지 못하니 외래에 올 때도 휠체어에 의지해서 와야만 했다. 유일하게 괜찮은 부분이라면 온전한 정신과 맑은 목소리 정도였다. 사실 이럴 때 정신이 멀쩡하면 육신의 고통을 그대로 다 느껴야 하니 더 괴로울 텐데 그녀는 밝고 명랑했다. 본인이 말하기를 천성이 그렇다고 했다.

"선생님, 제가 어제는 제 호를 하나 지었어요. '홍월紅月'이에요. 홍월, 붉은 달. 멋있지 않아요? 왜요? 이상해요? 너무 기생 이름 같나요? 호호."

암 때문에 자가면역성 피부근염이 있을 때 보통 항암치료로 암 상태가 좋아지면 피부근염도 나아지곤 하는데, 그녀는 암이 좋아져도 피부근염은 나아지지 않았다. 피부근염이 심해서 스테로이드 약도 많이 썼지만 별 차도가 없었다. 게다가 스테로이드 약을 오랫동안 많이 쓰면 얼굴에 살이 올라 얼굴이 달덩이처럼 변한다. 말 그대로 '월상안moon face'이 되는데, 그녀는 거기에 더해 피부근염 때문에 얼굴이 붉었다. 붉은 달덩이 같은 얼굴. 그래서 자기 호를 홍월이라 붙였다는 것이다. 그녀의 대책 없는 밝음에 당혹스러운 것은 오히려 나였다.

"제가 예전에 얼마나 예뻤는지 아세요? 옛날 제 사진 보시면 깜짝 놀라실 걸요? 믿어지지 않으시겠지만 제가 옛날에는 정말 한 미모 했어요. 사진 한번 보여 드릴까요? 잠시만요."

그녀는 갑자기 본인 지갑을 열어 부스럭거리더니

빛 바랜 사진 한 장을 꺼냈다. 그녀가 대학교에 다니던 시절의 사진이었다. 사진 속의 여인은 당시로서는 파격적인 미니스커트를 입고 있었는데 무척 아름다웠다. 피부가 백옥처럼 곱고 이목구비가 뚜렷한 것이 정말 영화배우 뺨 치는 미모였다. 지금과 동일인이라는 것이 믿어지지 않을 정도였다. 젊을 때는 늘씬하고 '한 미모'해서 쫓아다니는 남자들이 많았다고, 거짓말 안 보태고 한 트럭이었다고 했는데 실제로 그랬을 것 같았다.

"제가 학교 다닐 때는 정말 유명했어요. 이래 봬도 제가 신여성이에요. 제가 나이는 환갑이지만 마음은 아직도 20대예요. 호호."

그녀가 들려준 이야기에 따르면, 그녀는 꽤나 유복한 집 막내딸로 세상 불편함을 모르고 자랐다. 부모님과 오빠 모두 그녀를 아꼈고, 어려서부터 사랑을 많이 받았다. 대학을 졸업하고 항공사 기내 승무원으로 일하다가 우연한 계기로 프랑스 파리에 유학하러 가서 미술 공부를 했다. 주변에 쫓아다니는 남자는 많았지만 눈이 높아서인지 인연이 없어서인지 결혼은 하지 않았다. 그래도 늘 인기가 많았고 주변에 사람이 많아서 외롭진 않았다. 오랜 파리 생활을 접고 한국에 들어온 후에는 어느 전문대학교 교단에도 섰다. 성격이 밝았고 나이가 들어도 여전히 아름다웠으며 오랜 외국 생활 덕분에 '쿨'한 면이 있어서인지 학교에서도 인기가 많았다. 학생들을 가르치는 일도 재미있어서 골드미스로 곱고 우아하게 살았다. 암에 걸리기 전까지는 말이다.

  세월 앞에 장사 없듯이 암 앞에서도 장사 없어서 그녀는 항암치료를 받으며 조금씩 무너져갔다. 때로는 조카들과, 때로는 간병인과 함께 휠체어를 타고 와서 항암치료를 받았다. 아름다운 꽃도 열흘 이상 가지 않듯이 그녀의 미모도 세월 앞에서 무력했고 독해지는 암 세포 앞에서 항암치료도 무력했다. 시간은 예정된 방향으로 향해가며 암은 점차 나빠졌다. 피부근염이 심해지며 염증이 '삼킴 근육(음식을 삼키는 데 관여하는 입, 혀, 턱 등의 근육)'까지 침범하게 되어 사레가 걸리기 시작했고 목소리마저도 점차 흐려졌다. 결국 자주 사레가 걸리다가 폐렴이 생겨 입원했다. 암이 나빠지기 시작하면서 자연스럽게 항암치료도 더 이상은 못 하게 되었다. 그 대신 짧은 외래에서 이야기 나누지 못했던 그녀의 이야기를 듣게 되었다.

"마흔 중반에 부모님 모두 돌아가시고 나니까 정신이 번쩍 들더라고요. 내가 아프면 그때는 누가 나를 돌봐주지? 그런데 나중에 아플 때 돌봐줄 사람 찾자고 사랑하지도 않는 사람과 결혼하기도 좀 그렇더라고요. 자연스럽게 사랑해서 결혼까지 이어지면 모를까, 결혼 하지 않은 것에 대해서는 지금도 후회는 없어요. 저는 자유롭게 잘 살았거든요. 남들은 뭐라고 할지 몰라도 혼자서도 행복하게 잘 살았어요. 호호."

부모님 두 분은 모두 예전에 돌아가셨고 현재 오빠가 한 명, 조카가 둘 있다고 했다. 자신이 죽으면 장례식은 오빠와 조카들이 치를 텐데, 그 사람들이 고민할 일을 만들고 싶지 않아서 본인 장례식에 대해 모두 이야기해놨다고 했다. 화장해서 뿌릴 곳도 정해놨고, 장례식은 어디에서 어떻게 치러야 할지, 연락할 사람 명단, 조의금은 어떻게 써야 할지 모두 정해두었다고. 자신이 죽으면 집 안 어느 곳을 찾아보라고, 거기에 통장 비밀번호와 유언장이 있으니 써 있는 대로 하면 된다고, 다만 자신이 살아있을 때까지는 절대 열어 보지 말라고 당부도 해놨다고 했다.

  "조카들이 착해요. 오빠가 애들을 잘 키웠어요. 그런데 착해도 못 하는 건 있어요. 조카들도 제 자식이 있으니 자기 애들 키우느라 바쁘죠. 저 죽으면 유산은 조카들에게 줄 거예요. 내가 큰 부자는 아니지만 혼자 사는 데 문제없을 정도는 됐어요. 사회에 기부해도 되지만 그래도 핏줄이니 조카들에게 주는 게 좋지 않겠어요? 내가 아무리 신여성이라도 쿨하게 사회에 다 환원은 못 하겠더라고요. 우리 언니(그녀는 함께 사는 간병인을 언니라고 했다)에게도 좀 줄 거예요. 남들은 간병인에게 뭐 간병비를 그렇게나 많이 주냐고 하는데, 그건 몰라서 하는 소리예요. 나한테는 지금 죽을 때까지 나를 돌봐줄 사람이 제일 중요해요. 죽을 때 돈 싸 들고 가는 것도 아니고 죽고 나면 내 돈도 아닌데 누군가에게 다 줘야죠. 그래야 돈이 돌죠. 나는 죽지만 누군가는 그 돈으로 또 살 거 아니겠어요?”

그녀의 말을 듣다 보면 고개가 절로 끄덕여졌다. 구구절절 옳은 말이었다. 특히 '돈이란 영원히 내 것이 아니고 살아있는 동안 잠시 맡아서 보관하는 것이니 다시 누군가에게로 가서 돌고 돌아야 한다'라는 말이 인상적이었다.

“그렇다고, 야, 내가 너희에게 유산 줄 테니까 나 죽을 때까지 나 좀 잘 모셔라, 이렇게 얘기하긴 좀 그래요. 그러면 내가 너무 비굴해지는 것 같아요. 돈 줄 테니 나를 돌봐달라고 구걸하는 것 같잖아요. 그런 사람은 아니고 싶어요. 조카들에게도 좋은 사람으로 기억

에 남고 싶어서 일부러 연락도 잘 안 해요. 애들 부담될
까 봐."

그녀는 그러면서 간병인이 있는 방향을 한번 슬쩍
보았다.

"우리 언니가 조카들보다 나아요. 언니가 밥을 참
맛있게 해요. 제가 좋아하는 멸치볶음도 맛있게 잘 만
들고요. 우리 언니가 최고죠. 제가 인복은 원래 많거든
요."

암 때문에 조금은 흐려졌지만 여전히 명랑한 목소
리가 계속 귓가에 울렸다. 그녀의 밝은 목소리를 듣고 있
다 보면 오히려 내가 치유받는 것처럼 느껴지기도 했다.

"나는 나를 돌봐줄 사람이 없어서 저 스스로 정해
야 해요. 선생님은 저에게 안 좋은 소식 있어도 무조건
솔직하게 다 이야기해주셔야 해요. 그래야 제가 계획을

세울 수 있어요. 아시겠죠? 저랑 약속해요. 호호.”

　　나는 그러겠노라 대답했다.

　　“저는 인공호흡기 같은 거 안 할 거예요. 예전에 우리 부모님도 그런 거 안 했어요. 숨이 멎으면 딱 그만 큼까지만 살 거예요. 나는 지금까지도 그렇게 살았어요. 욕심 안 부리고 내게 주어지는 것까지만. 오늘은 딱 그만큼까지만. 걱정도 그래요. 걱정한다고 걱정이 없어지지 않아요. 내일 걱정은 내일. 오늘은 오늘 걱정만. 오늘은 딱 그만큼까지만.

　　그러니까 남들이 저 보고 그래요. 암에 걸렸는데 암 환자 같지 않다나? 그러면 제가 뭐라고 하는지 아세요? 암 환자라고 매일 울상을 하고 지내야 하냐고, 암 환자가 밝고 명랑하게 지내면 안 된다는 법이 있냐고 말해요. 그런데 보니까 주변 암 환자들이 하나같이 죽을상을 하고 지내더라고요. 이상해요. 내일 죽는다고 오늘을 울상을 하고 살아야 하나요? 암 환자니까 우울

해야 하고 슬퍼해야 하고 구석에 찌그러져 있어야 한다고 생각하지 않아요. 저는 절대 안 그럴 거예요. 내일 죽더라도 오늘 하루만큼은 누구보다도 행복하게 살 거예요. 저는 신여성이거든요."

그녀는 종종 스스로를 신여성이라고 했다. 신여성. 본래 개화기 때 신식 교육을 받은 여성을 이르는 말이다. 신여성은 여성을 억압하는 기존의 봉건적이고 가부장적인 억압에서 스스로 벗어나고자 했고 능동적 주체로서 살고자 했다. 그녀는 암이라는 병을 대하는 데 있어서도 신여성 같았다.

암 환자에게는 보이지 않는 억압적인 시선이 있다. 그녀도 그런 시선에서 자유롭지는 않았다. 돌봐줄 자식도 없는데 걱정은 안 되냐, 결혼을 했어야 했다, 얼굴이 그렇게 변해서 어떻게 하나, 암 환자가 돼서는 왜 그렇게 대책 없이 명랑하냐 같은 말들. 대개는 그런 시선과 말에 위축되거나 더 우울해지기 쉬운데 그녀는 그 같은 시선에 반기를 든 셈이었다. 마지막까지 '자기다움'

을 추구했던, 정말 신여성이었다.

그녀는 그렇게 딱 주어진 목숨까지만 살다가 자신이 원하는 방식으로 삶을 정리하고 마무리한 채 떠났다. 그때로부터 시간이 꽤 지났지만 아직까지도 문득문득 호호, 하며 웃던 그녀의 밝은 목소리가 들리는 것만 같다. 그리고 이렇게 말하는 목소리도.

"내일 걱정은 내일. 오늘은 오늘 걱정만. 오늘은 딱 그만큼까지만 해요.

편안한 이별과
정 떼는 시간

'구구팔팔이삼사'라는 말이 있다. 99세까지 팔팔하다가, 2~3일만 아프고 고통 없이 죽는 것이 최고라는 말이다. 나는 이 말을 들을 때마다 다른 측면에서의 고통이 떠오른다.

예전의 일이다. 그날 외래 진료에 오기로 했던 환자는 지난 주에 이어 오지 않았고, 그 따님이 혼자서 왔다.

"선생님, 저희 어머니께서 지난 주에 하늘나라로

가셨어요.”

“외래에 안 오실 분이 아닌데 지난 주에 안 오셔서 걱정했어요. 그런데 돌아가셨군요. 댁에서 돌아가셨나요?”

“네. 밤에 주무시다가, 친정 집에서 갑자기요.”

“평소에도 주무시다가 떠나고 싶다고 말씀하셨었는데, 결국 어머님 뜻대로 되었네요.”

환자들 중에는 주무시다가 갑자기 돌아가시는 경우가 있다. 이런 이야기를 하면 특히 나이 드신 분들은 내심 부러워하기도 한다. 아프지 않고 고생하지 않고 편안하게 돌아가셨으니 다행스러운 일이라고 생각하는 사람들도 있다. 사실 인간은 누구나 고통을 꺼리고 죽음 그 자체보다 죽기 직전에 고통스러울까 봐 두려워한다. 그래서 많은 환자가 아프지 않고 자다가 편안하게 죽었으면 좋겠다고 이야기하곤 한다. 그 환자도 그러했다.

고인은 평소에 남에게 신세지는 것을 싫어했고 깔

끔한 성격이었다. 아프지 않고 자다가 평온히 죽었으면 좋겠다는 이야기를 여러 번 했었다. 그래서 환자가 주무시다 돌아가셨다는 따님의 말에 한편으로는 다행이라고 생각했다. 그러나 문제는 그게 아니었다.

"그런데 어떻게 이렇게 갑자기 돌아가실 수 있죠?"

환자의 임종 소식으로 시작한 대화였지만 이야기는 점점 나에 대한 항의로 이어졌다. 어머니가 그렇게 안 좋은 상태였냐, 자식들이 병원에 미리 모시고 왔어야 하는 것 아니었냐, 이렇게 갑자기 돌아가실 것을 왜 미리 예측하지 못했냐, 어머니는 본인 몸이 안 좋다는 것을 알고는 계셨냐, 그렇다면 왜 자식에게는 이야기하지 않았냐, 같은 말을 하며 그녀는 내게 계속 묻고 또 따져 물었다. 그 모든 말의 핵심은 '어떻게 이렇게 갑자기 돌아가실 수 있는지 좀처럼 납득이 가지 않는다'에 있었다.

의사인 내가 보기에 고인은 돌아가셔도 이상하지 않았을 말기 암이었지만, 그녀가 보기에는 어머니의 갑작스러운 죽음이 매우 이상했던 모양이었다. 그녀는 어머니의 죽음을 받아들이지 못했고 여전히 혼란스러운 것 같았다. 충분히 그럴 수 있었다. 어쨌든 고인의 딸은 내가 잘못 치료한 것이 없는지 다른 병원에 2차 의견을 받으러 가기 위해 의무기록을 전부 복사해 갔다.

사실 문제는 돌아가신 환자분의 성격이었다. 돌아가시기 전 외래 진료 때, 암이 진행되며 오래 못 버티실 것 같아서 호스피스 상담도 하고 임종기 계획까지 세웠었다. 그러나 알고 보니 자식들에게는 한마디도 하지 않은 모양이었다. 그런 이야기를 하면 자식들이 걱정할 것이라고 생각해서였을 것이다. 자식들이 안부 전화를 걸어와도 '나는 괜찮으니 걱정 말고 너희 할 일이나 잘하고 나 신경 쓰지 말고 지내라'라고 이야기했던 것 같았다.

이해한다. 긴 병에 효자 없다는 말은 틀리지 않다. 24시간 환자 옆에 붙어서 보호자 노릇을 하다 보면 자식이라고 해도 지친다. 버티는 시간은 보통 석 달이다. 이 기간이 지나고 나면 차라리 돌아가시는 편이 낫겠다는 생각이 든다. 그리고 이보다 더 길어지면 환자인 부모도, 보호자인 자식도 괴롭다. 좋은 모습으로 떠나야 하고, 좋은 마음으로 떠나보내드리고 싶은데 그게 양쪽 모두 점점 어려워지기 때문이다. 그래서 환자는 자식들 고생시키지 않으려고 '괜찮다'로 일관했을 것이다. 그리고 자다가 조용히 죽었으면 좋겠다고 생각했겠지만 사실은 그렇게 간단한 문제가 아니다. 실제로 환자가 그렇게 눈을 감으면 환자 본인은 마음 편할지 몰라도 남은 자식들로서는 부모의 죽음을 황망히 맞게 되고, 고인의 상태가 이렇게까지 나쁜 줄 전혀 몰랐다는 이야기가 나오게 된다.

자식들로서는 어머니 혹은 아버지가 그렇게까지 심각한 상황이라고 생각하지 않았는데 갑자기 돌아가시면 작별인사를 할 시간도, 마음의 준비를 할 시간도 없게 된다. 돌아가시기 전에 가족끼리 식사를 하거나 여행을 가는 일도 불가능하다. 사랑하는 사람들이 모여서 임종을 지킬 수도 없다. 그저 다음 날 자고 일어나 보니 어머니가 돌아가셨다는 소식으로 모친의 임종을 알게 되고, 부랴부랴 달려가 봐야 흰 천에 덮인 싸늘한 어머니의 시신만 마주할 뿐이다. 결국 '이럴 줄 알았더라면. 이럴 줄 알았더라면 ○○라도 해둘 걸' 하는 후회만 남는다.

이런 상황들을 접하다 보면 환자와 보호자 모두가 좋을 수 있는 임종의 때는 언제인지 가늠해보게 되지만 사실 답 없는 이야기이다. 그것이 어느 시점이라고 판단한들, 병상에서의 죽음은 인위적으로 오지 않는다. 어쨌든 죽기에 완벽한 타이밍이라는 것은 없지만 환자가 가족을 위한 배려로 자신의 몸이 어떤 상태인지 병의 경중을 말하지 않는 것은 자칫하면 일방적인 이별 통보가 될 수도 있다는 것을, 병원에서 마주치는 수많은 사례 앞에서 생각해보게 된다. 죽음이야말로 그어떤 이별보다 완전한 헤어짐인 만큼, 남은 사람들에게 이 헤어짐을 준비하고 받아들일 시간을 줘야 하지 않을까.

임종을 보여주는 자식

　"임종을 보여주는 자식이 따로 있나 봐요. 지금 생각해보면 아버지는 임종을 나에게 보여주기 싫으셨던 것 같아요."

　20년간 방송 다큐멘터리 분야에서 활동해온 홍영아 작가가 죽음 가까이에서 일하는 사람들을 만나고 펴낸 『그렇게 죽지 않는다』(어떤책, 2022)라는 책에서 박영준 상조 팀장은 위와 같이 말했다. 병원에서 많은 노인 환자와 자녀들을 봐온 나는 이 이야기를 읽으며 그의 말이 맞다고 생각했다. 내 경험상 주로 오랫동안 환자 곁에 있던, 아픈 새끼손가락 같은 자식이 보통 '임종을 보여주는 자식'이었다. 평소 곁에 있던 자식이라서 환자가 그에게만 임종을 보여주는 것인지, 평소에도 함께해왔기 때문에 자연스럽게 그 순간을 볼 수 있는 것인지는 잘 모르겠다. 다만 그런 상황을 지켜보면 '자식이 여럿이라고 해도 다 같은 자식이 아니다'라는 말을 자연스레 떠올리게 된다.

생각해보면 부모가 자랑하게 되는 자식이 있고 끌어안게 되는 자식이 있다. 제가 알아서 챙겨 먹는 자식이 있고 부모가 한술이라도 더 떠먹여야 하는 자식이 있다. 힘들 때 내가 의지하는 자식이 있고 힘들 때 내가 의지처가 되어줘야 하는 자식이 있다. 열 손가락 깨물어서 안 아픈 손가락은 없다지만 유난히 아픈 손가락은 있기 마련이고 유난히 편한 손가락도 있기 마련이다. 결국 내가 힘들 때 내 속 모습까지 다 보여줄 수 있는 자식은 정작 또 따로 있는 것이다. 병상에서의 죽음은 인간이 가장 나약해지는 순간이고, 어쩌면 그래서 가장 기댈 수 있는 자식에게만 그 순간을 허락하는지도 모르겠다.

　80세 할머니 환자가 있었다. 폐암 4기로 항암치료를 받다가 최근 중단했다. 폐렴이 점차 심해지면서 열이 났고 혈압이 떨어졌고 의식이 흐려졌다. 호흡은 불규칙해졌으며 소변량이 줄기 시작했다. 승압제로 근근이 버티고 있었지만 이대로라면 오늘을 넘기기 힘들어 보였다. 급히 가족들을 불러 모았다.

　환자와 가까이 살면서 환자를 돌보던 막내딸과 전국 각지에 흩어져 살던 나머지 삼 남매는 각자의 일상을 내려놓고 한달음에 달려왔다. 막내를 제외한 세 사람은 각각 회사에 연차를 내고 왔고, 가게 문을 닫고 왔고, 학교에서 돌아오는 딸에게 먹일 간식을 만들다가 왔다고 했다. 어쨌든 한데 모인 가족이 이제 곧 숨을 거두려는 엄마 곁에 모였다. 담당의사는 사 남매에게 상황을 설명했다.

　"폐렴이 나빠지며 패혈증이 심해졌는데, 이제는

얼마 못 버티실 것 같아요. 승압제, 항생제, 피 검사 모두 중단하겠습니다. 의미 없는 연명의료에 불과합니다.”

곧 돌아가실 것 같다는 의사의 말에 사 남매는 말 없이 고개를 떨구고 울먹이기 시작했다. 이제 우리 엄마가 돌아가시는가 보구나, 하고 울며 엄마 곁을 지켰다.

그런데 상황은 반대로 흘러갔다. 할머니는 그토록 보고 싶어하던 자식들이 한데 모이자 기운이 났는지 예상과 다르게 상태가 좋아지기 시작했다. 승압제를 쓸 때는 속절없이 떨어지던 혈압이 승압제를 중단하자 좋아졌다. 이상한 일이었다. 모든 연명의료가 중단됐는 데도 괜찮았다. 그렇게 할머니는 돌아가시지 않았다. 할머니가 돌아가시기 전에 봐야 할 사람들은 이미 다 봤다. 자식들은 장례 준비도 모두 마쳤고 어머니의 임종을 지킬 마음의 준비도 했는데 정작 환자가 떠나지 않았다. 오히려 자식들이 모두 모인 그 시간을 즐기는 것 같았다.

그렇게 하루, 이틀, 사흘, 나흘 시간은 흘렀고 상황은 달라지지 않았다. 눈물을 흘리던 자식들은 술렁이기 시작했다. 안 돌아가실 것 같다는 말이 형제들 입에서 나왔고 의사들이 잘못 판단한 것 같다고도 했다.

이쯤 되면 의사들도 머쓱해진다. 환자가 곧 돌아가실 거라고 했는데 돌아가시지 않은 채 상황이 지속되면 의사는 '양치기 소년'이 된다. 이런 상황에서는 회진을 가도 딱히 할 말이 없다. 가족들에게 환자가 돌아가시지 않아서 다행이지 않냐, 하루라도 더 얼굴 볼 수 있는 시간이 허락된 것이 어디냐, 이런 말도 하루 이틀이다. 그렇다고 환자가 빨리 돌아가시기를 바랄 수도 없으니 그저 말없이 회진을 끝내기도 한다. 자식들도 마찬가지다. 환자의 혈압이 조금 더 떨어져서 당직 의사가 다시 확인하고 "이제는 정말 돌아가실 것 같습니다"라고 말해도 더는 감정적 동요를 일으키지 않는다. "예, 알겠습니다, 끝까지 잘 부탁합니다" 정도로 짧게 답할 뿐이다.

하루는 회진을 돌고 나오는데 큰아들이 병실 밖으

로 조용히 따라 나왔다. 그리고 공손한 태도로 물었다.

"선생님, 저희 어머니 말씀인데요…. 선생님 보시기엔 언제 돌아가실 것 같으세요? 아, 오해는 하지 마세요. 제가 연차가 내일까지라서 삼일장을 치르려면 우선 회사에 복귀했다가 다시 연차를 내야 장례를 치를 수 있어서요."

점잖은 큰아들은 오해하지 말아 달라며 예의 바른 태도로 여러 번 이야기했다. 둘째인 큰딸도 아이가 이제 곧 중간고사여서 집을 너무 오래 비울 수 없다고 했다. 작은아들도 중요한 거래처와의 약속을 더 미룰 수 없다고 했다. 어머니를 사랑하는 것과는 별개로 그들에게는 그들의 삶과 일상이 있었다. 회사도 가야 하고 아이 학원 일정도 챙겨야 하고 거래처 마감 일정도 지켜야 했다. 어머니의 임종 소식에 허둥지둥 달려왔지만 그들 삶의 시계는 어머니 임종이 지연되는 것과는 별개로 째깍째깍 돌아가고 있었다. 이제 다시 각자의 일상을 챙겨야 할 시간이었다. 이것은 불효가 아니다. 그저 환자의 시간과 자식들의 시간이 다르게 흘러갈 뿐이다. 할머니에게 죄송하지만 할머니가 빨리 돌아가셔야 자식들이 다시 각자 자기 삶으로 돌아갈 수 있었다.

며칠 동안 잠도 못 자고 자리를 지키던 큰아들과 큰딸, 작은아들은 어머니의 임종을 보지 못한 채 곧 다시 오겠다며 막내에게 뒤를 부탁하고 각자의 일상으로 잠시 복귀했다. 평소에 늘 환자와 함께 있던 막내딸만 혼자 남아 그 곁을 지켰다. 그리고 할머니는 마치 이때를 기다리셨던 것처럼 새벽에 돌아가셨다. 결국 어머니의 임종을 지킨 것은 막내딸 혼자였다. 나는 그때 생각했다. 어쩌면 할머니에게 삼 남매는 보고 싶은 자식이었는지 모르지만 정말 믿고 마음 편히 마지막 모습까지 다 보여주고 떠날 수 있는 자식은 막내딸이 아니었을까, 하고.

'무엇'과 '어떻게'의 차이

"선생님, 암에 걸렸는데 무얼 먹어야 하나요?"

외래를 볼 때마다 하루에도 몇 번씩 듣는 질문이니 그간 수만 번은 들었던 질문이다. 점심 때 짜장면을 먹을지 짬뽕을 먹을지 한참 고민하는 것처럼 많은 사람이 무엇을 먹을지 엄청 고민한다. 물론 무엇을 먹어야 할지 고민하는 이유는 많다. 특히 몸이 아프게 되면 그동안 몸에 안 좋은 것을 가리지 않고 먹어서 건강을 망친 것은 아닌가 하는 후회, 이것은 먹어야 하고 저것은 먹으면 안 된다는 주변의 참견, 귀도 얇아지고 심적으로 의지할 곳은 없어지는데 뭐라도 해야 할 것 같은 불안감에 음식이라도 제대로 먹어야겠다는 결의 등, 그 이유는 다양하다. 무엇보다도 우리나라 사람들의 무의식에는 음식으로 병을 치료한다는 오래된 관념이 뿌리 깊게 박혀 있다. 잘 먹어야 병이 금방 낫는다고 굳게 믿는다. 하지만 무엇을 먹느냐, 이것만이 중요할까? 몸에 좋은 것을 먹기만 하면 병이 나을까?

"선생님, 이거 제가 직접 만든 그릇이에요. 예쁘지요?"

환자들 식사 시간에 병실 회진을 돌 때가 있는데, 그녀가 있는 병실에 들어섰을 때 그녀는 병원 밥을 병원에서 주는 식판이 아니라 예쁜 접시에 담아서 먹고 있었다. 투병 생활을 하면서 갑자기 시간이 많아진 후 취미로 도예를 한다고 했다. 도예를 하니 시간도 잘 가고 잡생각도 줄어들고, 무엇보다도 직접 만든 예쁜 그릇을 주변 사람들에게 선물하니 사람들이 좋아하더라 며 웃었다.

　"음식을 어떤 접시에 담느냐에 따라서 분위기가 많이 달라져요. 입맛도 달라지고요. 선생님, 그거 아세 요? 파란색 접시는 식욕을 떨어뜨려요."

　그러고 보니 스테인리스 식판이 아닌 예쁜 접시에 담긴 병원 밥은 꽤나 맛있어 보였다.

　"병원 밥이 원래 맛이 없는데 이렇게 먹으면 그나 마 먹을 만해요."

　그녀는 병실에 잔잔한 클래식 음악을 틀어놨고, 흰색 바탕에 붉은 색 자수 무늬 테두리가 있는 예쁜 접 시에 음식을 정갈하게 담아서 언니와 함께 즐겁게 이 야기하며 식사를 했다. 그 모습을 보고 있으니 같은 음 식이 이렇게 달라 보일 수 있구나 싶었다.

그 후로 환자분들이 먹을 것에 관해 질문할 때 무엇을 먹을지보다 '어떻게 먹을지'를 설명해주곤 한다. 좋아하는 사람들과 함께 대화하며 즐겁게 먹을 것, 예쁜 접시에 정성껏 담아서 먹을 것, 식탁보 색깔도 접시와 맞춰볼 것, 잔잔한 음악과 함께 편안하게 먹어볼 것, 급하게 먹지 말고 천천히 꼭꼭 씹어서 먹을 것, 한끼를 먹더라도 대충 먹지 말 것. 그리고 무엇보다 준비한 사람의 성의를 생각하며 감사한 마음으로 먹을 것. 이렇게 먹어보시라고 말씀드린다. 하지만 이런 이야기를 하면 다들 이상하게 여긴다.

"아니, 선생님, 그런 것보다도… 홍삼은 먹어도 되는 건가요? 먹어요, 말아요?"

'무엇을 먹는가'와 '어떻게 먹는가'의 차이는 크다. 아무리 비싸고 맛있다고 소문난 식당에서 고급진 요리를 먹더라도 불편한 사람과 먹는 식사라서 빨리 자리를 뜨고 싶었던 경험이 다들 있지 않은가? 짜장면 한 그릇,

김밥 한 줄이어도 오랜 친구와 함께 옛 추억을 떠올리며 즐겁게 먹다 보니 별것 아닌 그 음식이 맛있었던 기억도 있을 것이다. 그래서 그럴까? '어떻게'를 무시하고 '무엇'에만 방점이 찍힌 식사는 조금 안타깝기도 하다.

생각해보면 남은 삶에 대해서도 마찬가지이다. 지금까지 '얼마나 더 살 수 있나요'를 묻는 사람은 수없이 많았지만 '어떻게 살아야 하나요'를 묻는 사람은 없었다. '얼마나' 더 사는지, 남은 삶의 양量보다 '어떻게' 사는지, 삶의 질質도 중요한데 암 환자 대부분은 남은 삶의 양만 묻는다. 정작 주어진 시간을 어떻게 채울지에 대해서는 무관심하다. 살 수 있는 시간이 늘어난다면 무엇을 더 하고 싶은지 되물어볼 때 바로 대답할 수 있는 사람은 의외로 많지 않다. 그저 남은 날이 많지 않은 현실을 원망하고 슬퍼하며 남은 시간을 허망하게 보내는 경우가 많다.

'무엇'에 방점이 찍힌 삶과 '어떻게'에 방점이 찍힌 삶은 많은 것이 다르다. '어떻게'와 과정에 무관심한 채, '무엇'과 결과만을 바라보는 삶은 대개 안쓰럽다.

'무엇'보다 '어떻게'에 집중해보면 보이지 않던 것이 보일 것이라고 믿는다. 올라갈 때 보지 못한 꽃을 내려갈 때라도 봐야 하지 않을까?

지나고 보면
그때가 좋았다

　　나는 초등학생, 고등학생 아이가 있는데, 그보다
어린아이를 둔 젊은 후배들과 대화를 나누다 보면 아
이 키우기가 힘들다는 이야기를 많이 듣는다. 아이가
집에서 이러이러한 만행을 저질렀다, 큰애가 둘째와 싸
우다가 동생을 때렸다, 집을 난장판으로 만들었다, 어
떻게 이럴 수 있느냐, 이럴 때는 어떻게 해야 하느냐 등
등의 하소연이 이어진다. 그럴 때마다 나는 이미 겪어본
일이어서 담담하게 듣는다.

"미운 일곱 살? 그거 아무것도 아니야. 조금 있으면 중2병이 올 거야. 더 키워 봐. 지금이 좋은 때야. 밉긴, 얼마나 예뻐. 지금 아이 사진 많이 찍어 놔. 애들 금방 큰다. 곧 알게 돼."

예전에 내가 그 처지일 때 어른들은 나에게 똑같은 이야기를 했었다. 하지만 그때는 귀담아듣지 못했다. 오히려 아무리 남의 애 이야기라지만 뭐 그렇게 쉽게 말하나, 나는 힘들어 죽겠는데 지금이 좋은 때라니, 하며 야속해했다. 그런데 내가 막상 그 시기를 지나고 나니 지금은 젊은 부모들에게 똑같은 이야기를 하고 있다. 더 키워 봐, 그때가 좋은 때야, 금방 지나가, 곧 알게 돼,라면서. 그런데 병원에서도 종종 환자나 보호자들에게서 "그때가 좋았다"라는 이야기를 듣는다.

75세 두경부암을 앓고 있는 할머니가 암 환자들이 있는 124병동에 입원했다. 폐렴 때문이었다. 종양이 점차 커지면서 할머니는 자주 사레가 걸리고 급기야 흡인성 폐렴이 생겼다. 부랴부랴 항생제 치료를 시작했고 폐렴은 어느 정도 호전되었지만 암덩어리는 기관지를 더 누르기 시작했다. 산소를 투여하고 있었지만 할머니는 회진 때마다 점점 숨이 차다고 말했다. 이제는 암이 나빠지며 기관지가 완전히 막히는 상황도 염두에 두어야만 했다. 최악의 경우가 오더라도 중환자실이나 인공호흡기는 하지 말자고 할머니께 말씀드렸다. 눈을 감고 잠잠히 내 말을 듣던 할머니는 담담하게 말했다.

"나는 그런 거 하기 싫어요. 암이 나빠지는 것은 나도 짐작하고 있었어요. 내 몸은 내가 잘 알거든요."

무의미한 연명의료는 하지 않기로 하고 병실 밖을 나서는데 따님이 따라 나왔다. 엄마의 간병 때문에 하던 일도 접고 직장에 6개월 휴직을 낸 채 오롯이 엄마를 돌보던 따님이었다. 이제는 남은 시간이 많지 않아 임종 준비를 해야 한다는 말에 환자의 따님은 이렇게 말했다.

"이제는 정말 어려운 거지요?"

나는 아무 말도 하지 않고 고개만 끄덕였다. 따님은 말을 이어 나갔다.

"돌이켜 보면 그때가 좋았어요. 그때는 3주에 한 번씩 항암주사 맞으면서 통원치료 하고 어머니가 일상생활을 그럭저럭 다 하셨어요. 그때는 그때가 가장 힘들다고 생각했었는데, 이렇게 입원하게 되고 이제 정말 얼마 남지 않았다고 하니 그때가 좋았던 것 같아요."

암 말기에서 임종기로 넘어갈 때 환자 상태가 안 좋아서 입원하게 되면 가족들이 이런 이야기를 많이 한다. '그때가 좋았다'라는 말은 좋았던 과거에 대한 애착과 만족스럽지 않은 현재에 대한 아쉬움이 공존하는 말이다. 상태가 악화될수록, 죽음과 이별이 가까워질수록 지금보다 좀 더 건강했던 시간은 더 선명해진다.

그러고 보면 우리는 살면서 '그때가 좋았다'라는

생각을 많이 한다. 누구나 이번 생은 처음이고, 처음은 늘 낯설고 버겁다. 만일 인생을 한 세 번쯤 살아봐서 자녀 키우는 일도 여러 번 해보고, 대학도 보내 보고, 결혼도 시켜 보고, 아파도 보고, 그래서 이렇게 죽는 거구나 하는 일도 겪어 보면, 지금 이 순간이 가장 좋은 때라는 것을 금방 알게 될 것이다. 하지만 인생은 한 번뿐이라서 막상 그 순간에는 알기 어렵고 늘 지나고 나서야 '그때가 좋았지' 하게 되는 것이 아닐까?

지금의 눈앞의 따님도 똑같은 심정일 것 같았다. 그때를 그리워한들 그때로 돌아갈 수 있는 것은 아니지만 그래도 지나간 시간이 그리운 것은 어쩔 수 없나 보다. 나는 말을 이어 나갔다.

"맞아요. 그때가 좋은 때였죠. 비록 그때는 그때가 가장 힘들다고 생각했었지만요."

"그때 선생님이 이렇게만 지내면 된다고 했던 말이 무슨 말이었는지 이제야 알 것 같아요."

그래서일까? 보통 환자의 임종기가 다가오면 보호자들은 지난 순간을 떠올리며 그때가 좋았다고 이야기하곤 하는데, 그럴 때 꼭 말해주는 이야기가 있다. 그따님에게도 이야기해주었다.

"나중에 어머니 돌아가시고 나면 그때가 좋았다며 오늘 이 순간을 그리워할 때가 또 올 거예요. 그래도 그때는 어머니가 살아 계셨는데, 하면서요. 그러니 지금 이 순간을 잘 보냅시다. 오늘 하루도 어머니와 좋은 시간 많이 보내세요."

정말 그렇다. 아무리 지금 이 순간이 힘들어도 지나고 나서 보면 생각하게 된다. 그때가 좋았다고. 힘들면 힘들어서 좋았고, 힘들지 않으면 힘들지 않아서 좋았다. 어느 드라마 대사처럼 사실 모든 날이 좋았다. 그 '그때'가 지금이다.

목구멍에
밥을 들이민다는 것

열일곱의 나이에 처음 해보는 상주 노릇은 힘들었
다. 태어나서 처음 가 본 장례식이 아버지의 장례식이
었고, 나는 그 장례식의 상주였다. 어린 상주가 헤매는
모습이 안쓰러워서인지 집안 친척들이 거들었지만 그
들 역시 헤매기는 마찬가지였다. 그들도 중년이 되도록
아직 상주 노릇을 한 번도 해본 적이 없었다. 장례 절차
를 놓고 이렇게 해야 한다, 저렇게 해야 한다 갑론을박
이 벌어지는데 모든 것이 혼란스러웠다.

문상객을 맞는 일도 그랬다. 아는 얼굴보다 모르는

얼굴이 더 많았다. 아버지와 잘 아는 사이라며 다가오는 사람들은 전혀 모르는 얼굴이었다. 가까웠던 사이라면서 아버지가 아프고 힘들 때는 왜 얼굴 한 번 비치지 않다가 돌아가시고 나니 그제야 오는지 어린 나는 이해하기 어려웠다. 돌아가시고 나서야 뒤늦게 찾아와 그렇게 힘들었으면 연락하지 그랬냐고 하며 안타까워하는 것이 어른들의 어법인 모양이라고 생각했다. 그래도 멀리서 시간 내어 와준 것이 고마웠기에 "감사합니다. 경황이 없게 그렇게 되었습니다"라는 말만 반복했다. 그쪽도 나도 상투적이었다. 우리는 그것을 예절이라고 불렀다.

문상객들은 밤 늦게까지 빈소를 지켰다. 어른들 몇몇은 술을 마셨고, 오르는 취기만큼이나 목소리가 커졌다. 밤이 깊어가자 거나하게 취한 집안 어른들 사이에서 싸움이 나더니 고성이 오가기 시작했다. 케케묵은 집안 이야기와 옛날 이야기가 나올 때 이미 싸우기위한 조건은 완벽히 갖춰져 있었다. 너는 동생이 돼서 한 게 뭐냐? 나도 할 만큼 했다. 형님은 뭘 잘했냐? 지금까지 너에게 들어간 돈 다 우리 돈이다. 나는 그 돈 달라고 한 적 없다. 어머니는 내가 모시지 않았냐… 같은 답 없는 물음과 비난이 끝없이 도돌이표를 그렸다.

　장례식장을 찾아온 사람들은 울고 슬퍼하기보다 웃고 시시덕거렸다. 술을 마셨고 떠들었고 심지어 싸웠고 한쪽에서는 고스톱을 쳤다. 지금이야 이런 풍경이 많이 없어졌지만 30년 전 장례식장 모습은 그랬다. 슬픔보다 슬픔을 가장한 민낯이 여과 없이 드러났다. 어린 나는 그런 장례식장의 모습이 낯설었다. 장례식은 고인의 죽음을 애도하고 고인을 추모하는 자리라고 생각했는데 아니었다. 진지한 애도는 찾아보기 어렵고 술마시고 떠들고 고스톱을 치며 웃는 모습이 아버지 죽음에 대한 모독처럼 느껴졌다. 그것도 아버지와 가깝다는 사람들이어서 더 야속했다. 문상객이라는 사람들이 어떻게 저렇게 먹고 떠들며 추태를 부릴 수 있는 것인지 이해할 수 없었다. 세상이 원래 그런 것인지, 아니면 아버지의 인간관계가 가벼워서인지 알지 못했다.

　자려고 해도 잠이 오지 않았고, 음식을 봐도 먹고

싶은 생각이 없었다. 점심도 거르고 저녁도 먹지 않자 이모들이 육개장에 밥을 잔뜩 말아서 가져왔다. 이마저도 먹지 않는다면 강제로 입에 집어넣을 것 같아서 몇 수저를 들었다. 끓다 못해 졸아붙은 육개장 국물에 퉁퉁 불은 밥알을 억지로 삼켰다. 밥 한술을 넘기자 가루 맛이 나는 시뻘건 국물이 목구멍을 쥐어뜯었다. 그렇게 억지로 밥을 밀어 넣으니 먹고 있는 나 자신이 한심했다. 아버지는 싸늘한 시신으로 냉동실에 안치되어 있는데, 자식인 나는 살아서 꾸역꾸역 밥을 먹고 있다는 게 죄송스러웠다. 목구멍으로 넘어가는 밥에 죄책감이 뒤엉켰고 이래도 되는 건가 싶어서 눈물만 흘렸다. 한쪽에는 죽은 사람이 누워 있고, 다른 한쪽에서는 산 사람이 밥을 먹었다. 삶과 죽음이 교차하는 곳에서 처음 해보는 상주 노릇은 무거웠다. 삶과 죽음이 교차하는 곳이 버겁다는 걸 그때 처음 알았다.

세월이 지나 의사가 된 이후에 보니 생사가 교차하는 곳은 장례식장만이 아니었다. 바로 임종방이 그런 곳이다. 임종방의 회진은 그래서 늘 무겁다. 임종방의 문을 여는 순간부터 방 안을 채운 무거운 공기가 몸을 짓누른다. 생이 꺼져가는 환자의 퉁퉁 부은 얼굴, 차가운 팔다리, 꺽꺽대는 숨소리, 허공을 향해 풀려버린 눈동자…. 임종방 회진을 돌면서 하는 이야기도 비슷하다. 환자의 임종이 얼마 남지 않았는데 가족들은 다 연락이 되었냐, 마지막으로 얼굴 봐야 할 분이 있으면 오시라고 해야 한다, 지금은 환자가 말은 할 수 없어도 들을 수는 있으니 옆에서 좋은 이야기를 많이 해주셔야 한다, 환자의 마지막 순간을 옆에서 잘 지켜달라…. 임종방 회진 때 의사가 하는 말은 늘 그런 것뿐이다.

이런 공기가 무거워서 임종방 회진을 돌지 못하는 전공의가 많다. 전공의들 중 몇몇은 차마 임종방 문을 열지 못하겠다고도 한다. 가족과 같이 가까운 이의 죽음을 전혀 경험해본 적 없는 새파란 20대 젊은 의사들에게 이 공간이 주는 압박감은 상당하다. 죽음을 받아들이는 데 익숙하지 않은 사람에게 죽음은 늘 곤혹스럽다.

하지만 더 곤혹스러운 순간은 임종방 문을 열었을

때 밥을 먹는 가족들과 마주칠 때다. 서울대병원 임종방 침대 옆에는 작은 테이블이 있고, 밥 때가 되면 가족들은 이 테이블에 모여 앉아 밥을 먹는다. 한쪽에서는 누군가가 죽어가고 있지만 바로 옆에서는 누군가가 살고자 밥을 먹는 것이다. 그러나 이곳에서의 산 자들의 식사는 대개 평온하지 못하다. 환자가 언제 임종할지 몰라 자리를 뜰 수가 없기 때문에 주로 배달 음식을 먹는다. 플라스틱 케이스에 담겨 당도한 음식을 테이블 위에 펼쳐 놓고 대충 입안에 욱여넣는다. 한 수저 뜨고 환자 한 번 보고, 한 수저 뜨고 환자 한 번 보고, 하는 식이다. 간혹 가족이 두 팀으로 나뉘어 번갈아 병원 식당에 가서 먹고 오기도 한다. 잠시 자리를 비운 사이에 환자가 임종하면 안 되기 때문에 이때도 맘 편히 밥을 먹을 수는 없다.

그 와중에 의사가 회진을 오면 황급히 식사를 멈추고 일어나 의사를 맞는다. 마치 장례식장에서 유족들이 벽에 기대어 앉아 있다가 문상객이 오면 등허리를 떼고 자세를 추스르고 일어나듯이, 밥을 먹던 가족들은 의사가 회진을 가면 다들 식사를 멈추고 일어나 정자세로 의사를 맞는다. 타인에게 보여주는 외면과 가족끼리 있을 때의 내면의 일상은 다르고, 그 둘은 번갈아 가며 마주친다. 임종방에서도 삶과 죽음은 그렇게 교차한다.

생각해보면 당연한 일이다. 장례식장이든 임종방이든 가족이라고 마냥 울고 슬퍼하고 있을 수만은 없다. 밥 때가 되면 밥을 먹어야 하고 밤에는 잠도 자야 한다. 오랜만에 모인 가족, 친인척끼리는 옛이야기도 나누고 최근의 안부도 전할 것이다. 그러면서 고인과 함께한 추억을 회상하고 앞으로 어떻게 할지에 관해서도 이야기를 나눌 것이다. 사람의 죽음이라고 해서 마냥 슬퍼해야만 하는 것은 아닐지도 모른다. 슬픔에는 탈출구가 필요하다. 그리고 그 시작은 목구멍으로 음식을 밀어 넣는 행위다.

아버지의 삼일장을 다 끝내고 집으로 돌아왔을 때였다. 있어야 할 사람이 없는 텅 빈 집에 들어와서 식탁 앞에 힘없이 앉았다가, 식탁 한 구석에 놓인 밤 식빵을 발견했다. 아버지께 드리려고 샀던 밤 식빵이었다. 아버지는 마지막 순간에 병세가 깊어지면서 입맛도 잃고 통 아무것도 못 드셨는데, 어머니로부터 밤 식빵 몇 조각을 맛있게 드셨다는 이야기를 듣고 아버지 병문안 갈 때 드리려고 샀던 것이었다. 나는 결국 그 밤 식빵을 아버지께 드리지 못했다.

밤 식빵이 담긴 비닐 포장을 뜯자, 눅눅한 빵 냄새가 올라왔다. 처음 샀을 때의 부드럽던 촉감은 사라지고 차갑고 퍽퍽한 질감이 손끝으로 느껴졌다. 손으로 한 덩어리를 뜯어 입안으로 가져다 넣었다. 아버지 몫의 밤 식빵을 내가 대신 먹고 있었다. 차고 메마른 빵 조각이 목구멍을 넘어가니 왠지 모르게 뱃속이 따뜻해졌다. 생각보다 맛있었다. 이래서 아버지가 생전에 밤 식빵을 맛있게 드셨나 싶었다. 돌아가신 아버지 몫이었던 음식을 살아 있는 내가 먹으면서 나는 비로소 목구멍에 밥이 넘어가는 죄책감을 조금이나마 덜 수 있었다. 사랑하는 사람을 떠나보내고 살아갈 의욕이 없어도 식욕은 생겨날 수 있음을 받아들였다. 정신은 죽음을 애도하나 몸은 배고픈 육체의 모순이 모멸감이 아니라 또 다른 삶을 만드는 육체의 재생력임을 알게 되었다. 남은 사람으로서 또 살아내야 한다는 걸 몸으로 알게 되었다. 몸은 육체의 감각으로 마음에게 말해주었다. 돌아가신 아버지를 떠나보내고 내가 살고자 한다는 것을, 나는 살아내야 한다는 것을.

마흔 중반을 넘어서니 이제는 남의 장례식장에 가서도 적당히 웃을 줄도 알고 오랜만에 만난 친구들을 보며 반갑게 인사하고 이야기 나누기도 한다. 상주와 의례적인 인사도 잘 나누고, 장례식장에서 주는 육개장과 홍어 무침도 제법 잘 먹는다. 그 공간에 슬픔과 웃음이 겹칠 수 있고, 절망과 희망이 공존할 수 있다는 사실도 어렴풋이 알게 되었다. 나이가 들며 상반되는 다면적인 감정을 어떻게 함께 담아내야 할지 조금은 알게 되었다. 마음이 슬퍼도 몸은 배고플 수 있음을 이해했다. 이제는 더 이상 배고픈 몸의 감각을 무작정 미워하지 않는다.

임종방에서 환자의 가족들이 식사하는 모습을 마

주치면 회진을 마치고 나오며 이야기한다. 식사 꼭 다 하시라고, 꼭꼭 씹어서 드시라고. 이럴수록 든든히 먹어야 한다고 그들의 식사를 격려한다. 어떤 때는 먹지 않으려는 보호자가 한술 뜨는 것을 보고서야 회진을 끝낸다. 밥이 넘어가면 삶은 이어진다.

이어달리기

"선생님 항암치료를 조금만 쉬면 안 되겠습니까"

"무엇 때문에 그러시지요?"

"제가 중요하게 해야 할 일이 있어서요."

"그게 어떤 일인가요?"

그는 기대여명이 길지 않은 72세 폐암 환자였다. 그의 폐암은 폐암 중에서도 독한 유형인 폐암이었다. 지금은 항암치료로 근근이 유지하고 있었지만 언제 내성이 생겨서 암이 나빠질지 알 수 없었다. 그럼에도 불구하고 그는 참 열심히, 그리고 성실하게 치료를 받아왔다. 힘들어도 힘든 내색을 별로 안 했고 가족들 역시 아버지를 열심히 간병했다. 그런 그가 항암치료를 쉬고 싶다고 하기에 의외라고 생각했다.

"그 중요한 일이 어떤 일인가요?"

"제가 하던 사업이 있는데 이제 정리해야 할 것 같아서요. 그렇게 하는 것이 맞겠지요?"

그는 내 물음에 답하며 본인에게 이제 남은 시간이 정말 얼마 없지 않으냐 하는 것을 간접적으로 물었다. 나는 말없이 고개를 끄덕였다. 실제로도 이제 3~4개월을 더 넘기기 쉽지 않다고 생각하던 참이었다.

암 환자분들 중 사업하는 분들의 이야기를 들어보면 사업을 정리하는 일은 쉽지 않다. 한 사람이 평생 일구어온 일이라면 그 일은 당연히 몇 개월 내에 정리되지 않는다. 그 와중에 독한 세포독성 항암치료를 하면서 몸 상태가 안 좋다면 단기간에는 더욱 힘들 터였다.

어쨌든 환자가 현재 자기 삶에서 가장 중요하다고 여기는 일에 집중할 수 있도록 돕는 일이 의사인 내가 환자에게 할 수 있는 일종의 예우였다.

이분의 경우는 명확했다. 평생 일궈온 사업을 자녀에게 잘 물려주고자 했다. 환자 본인 없이도 사업이 잘 굴러갈 수 있도록, 자녀들이 잘 이어 나갈 수 있도록 도와주는 것. 환자가 평생 만들어온 세계가 그 없이도 잘 유지될 수 있도록 하는 것. 이것이 그에게는 가장 중요했다. 우리는 미련 없이 항암치료를 중단하기로 했다. 그 대신 나는 환자가 최대한 아프지 않게 지낼 수 있도록 진통제를 늘렸다. 어느덧 외래에서는 의학적인 이야기 보다 사업 이야기를 더 많이 하게 되었다.

"사업 정리는 잘 되어가고 있으신가요?"

"아이고야, 그게 참 뜻대로 안 되네요. 맨날 아이들하고 싸웁니다."

그는 자녀들이 간단한 일조차 잘하지 못해서 자

꾸 잔소리하고 화내게 된다고 했다. 나는 말했다. 환자분은 30년 해오던 일인데 고작 몇 개월만에 자녀들이 당신만큼 해내겠냐, 어떻게 당신 마음에 쏙 들게 잘 해낼 수 있겠냐, 다 욕심이니 그마저도 내려놓으셔야 한다, 그래야 가족이 평온할 것이다,라고.

"그건 나도 알아요. 아는데 잘 안 되네요. 자꾸 일이 펑크가 나요."

평생을 일궈온 사업이 큰 누수 없이 계속 이어지기를 바라는 마음은 컸으나, 자녀들이 숙련된 경지에 이르기에는 시간이 너무 짧아 보였다. 어찌 보면 당연한 일이었다. 나는 그에게 다시 이야기했다.

"차라리 잘됐네요. 자제분들이 실수하더라도 환자분이 살아 계실 때 실수해야 어떻게 만회하는지 알려주죠. 환자분이 돌아가시고 나서 자제분들이 실수하면 많이 당황스럽고 아버지 생각이 더 날 거예요. 사업

하다가 잘 안 될 때 아버지라면 어떻게 하셨을까 하면서요. 잘됐어요. 자녀들이 마음껏 실수하도록 한번 내버려둬보세요. 어차피 한 번은 겪어야 할 일이잖아요."

윤영호 교수의 책 『나는 품위 있게 죽고 싶다』(안타레스, 2021)에 보면 이런 말이 나온다.

"삶은 이어달리기와 같다. 우리는 아직 해야 할 일이 있기에 더 살아야 한다고 생각하지만, 어느 날 떠나야 하는 때가 오면 기꺼이 바통을 넘겨주어야 한다. 미련 없이 후회 없이 넘길 수 있도록 정말 열심히 살아야 한다."

그렇다. 이어달리기에서 바통은 누군가에게 넘겨주어야 한다. 바통을 넘길 때는 부족하면 부족한대로 바통을 이어받는 사람이 내 몫까지 잘 해내리라 믿어야 한다. 떠날 때도 이와 마찬가지이지 않을까?

"아이들이 언젠가는 잘 해내리라 믿으셔야 해요.

전적으로 믿으세요. 설령 환자분 마음에 들게 못 해내더라도, 설령 실패하더라도 분명 그 속에서 무언가를 느끼고 배울 겁니다."

사실 바통을 꽉 움켜쥐고 열심히 달리다 넘겨야 할 때가 왔는데도 쥐고 있던 바통을 넘기지 못하고 혼자서 무리해서 달리다 쓰러지는 사람도 있다. 바통을 넘기려고 보니 넘겨줄 바통이 없어졌다는 사실을 뒤늦게야 알게 되는 경우도 있다. 혹은 넘길 준비를 다 했는데 주변에 넘겨받을 사람이 없는 일도 있다. 혹은 평생 달린다고 달렸는데 나중에 보니 제자리걸음이었고, 바통을 넘겨받을 사람은 저 멀리 있는 경우도 있다. 그러니 쥐고 달릴 바통이 있고, 넘겨줄 사람이 있다는 것은 그 자체로 행복한 일이다.

바통은 분명히 누군가에게 넘겨줘야만 한다. 떠날 때는 부족하면 부족한 대로 이어받는 사람들이 내 몫까지 잘 해내리라 믿고 떠나야 한다. 우리가 쥐고 있는 바통이 무엇이건, 그것이 스스로 이뤄낸 것이건 누군가에게서 넘겨받은 것이건 영원히 나만의 것일 수 없다. 또한 무한히 달릴 수도 없다. 우리는 결국 죽음을 향해 나아가는 존재이고, 불가피한 죽음을 통해 삶을 완성해 나갈 뿐이다. 의미 있게 살다가 삶을 마무리할 때가 되면 넘겨야 하는 것들을 다음 사람에게 잘 넘기는 것까지가 인생의 완성이다.

혹 누군가가 지금까지 잘 달려왔고 이미 바통을 넘겼다면, 이제는 한발 뒤로 물러나 편안히 경기를 지켜보며 새롭게 달려 나가는 선수들을 응원하기를 바란다. 삶이라는 아름다운 이어달리기는 계속 이어질 테니.

II.

우리를 향한

또 다른

질문들

영 케어러를
위하여

    A는 23살의 여대생이다. 그녀는 한때 손톱 치장도 예쁘게 했고 핸드폰에는 '귀욤귀욤'한 액세서리를 달기도 했다. 20대 초반의 여대생들이 그렇듯이 한껏 멋을 내고 꾸미고 다녔다. 그녀와 그녀의 엄마는 다른 모녀처럼 잔소리 배틀을 벌이며 서로 티키타카 하는 사이였다. 다른 점이 있다면 모친이 암 환자라는 점이었다.

    모친은 A가 고등학생 때 암에 걸렸다. 구강에 생긴 암 때문에 수술을 받은 이후 엄마는 발음이 샜다. 입천장에 생긴 구멍을 막는 보조기를 차면 좀 낫긴 했지만 말할 때마다 발음이 새서 말이 어눌했고 콧소리가 나왔다. 사람들은 A의 엄마를 볼 때마다 걱정스러운 표정으로 목소리가 왜 그런지 물었다. 그러면 엄마는 처음부터 설명해야 했다. '입천장에 생긴 암 때문에 수술을 했고 방사선 치료를 했는데 수술 후유증으로 발음이 샌다, 지금은 폐 전이가 있는데 항암치료는 하지 않고 있다.' 이런 말을 하면 상대방은 멋쩍어 했고 미안해 했다. 그리고 이내 어색한 공기 속에 대화가 뚝 끊겼다.

건강한 사람들은 상대에 대해 걱정한다는 명분으로 건강하지 않은 사람에게 꼬치꼬치 물었다. 상대의 입장에서는 다분히 무례한 일이었다. 잘못한 쪽은 무례를 범한 사람이지만 잘못을 수습하는 쪽은 늘 당한 사람이었다. 어색한 기운이 감돌 때 화제를 다른 곳으로 돌려보지만 한번 가라앉은 분위기는 되돌이키기가 어렵고, 상대방은 겸연쩍어 하며 자리를 먼저 뜨곤 했다. 이런 일이 반복되자 A의 엄마는 사람들에게 암 투병 사실을 이야기하지 않았다. 말수가 적어졌고 점차 사람들을 만나지 않았다. 집에서만 지내는 시간이 많아지자 A는 엄마의 거의 유일한 대화 상대가 되었다.

폐 전이가 있어도 처음에는 종양 크기가 작아서 괜찮았다. 그러나 콩알만 하던 것이 점점 자라더니 밤톨만 해졌다. 담당의사는 이 병은 항암약이 별로 없으니 지켜보자고 했다. 암이 자라는 속도가 빠르진 않았다. 석 달에 한 번 체크했지만 그때마다 담당의사는 지켜보자고만 할 뿐 별다른 말이 없었다.

그러다가 폐로 전이된 종양이 점차 주먹만 해지고 기침이 시작되자 담당의사는 세포독성 항암치료를 권했다. 그러나 A의 어머니는 세포독성 항암치료를 거부했다. 마침 표적항암제 신약 임상시험이 시작되었고 의사의 권유에 따라서 A의 어머니는 임상시험에 참여했다. 표적항암제가 힘들기는 했어도 그녀는 그럭저럭 견뎠다. 다행히 임상시험 신약이 어느 정도 효과가 있어서 암이 커지던 것이 멈췄다.

임상시험은 병원 방문 일정이 잦았다. A는 엄마를 모시고 대구에서 서울까지 KTX를 타고 오갔다. 엄마는 사람들이 쳐다보는 것 같다며 KTX에서도 병원에서도 말이 없었다. A는 2주에 한 번 꼴로 서울에 올라와야 하다 보니 학교에 출석하기가 어려워져 결국 휴학을 했다. 어차피 엄마 간병이 아니더라도 한 번쯤은 휴학할 생각이었는데 차라리 잘됐다 싶었다. 하지만 친구들을 자주 못 보게 된 것은 서운했다. 다른 친구들은 취업 준비와 연애 등으로 바빴지만 A는 그 또한 어쩔 수 없는 일이라고 생각했다. 친구들과 만나도 공통 화제가 없었다. 친구들에게 엄마 간병에 대해 이야기하면 누구의 잘못도 아니었으나 누가 잘못한 것처럼 어색함 속에서 대화가 끊겼다

"주로 따님이 같이 오시네요. 다른 가족 분들은 안 계신가요?"

남의 속도 모르는 의사는 A가 주된 보호자냐고 물었다. 남동생과 아빠가 있지만 엄마의 간병은 주로 A가 했다. 아빠는 회사에 가서 돈을 벌어야 했고 남동생은 군대에 갔다. 결국 가족 중 남은 사람은 A뿐이어

서 A는 20대 초반에 '영 케어러young carer'가 됐다. 영 케어러란 장애, 질병, 암, 정신건강 등의 어려움에 처한 가족구성원을 간병하고 돌보는 아동, 청소년, 청년을 말한다.

엄마의 치료를 전적으로 A에게 맡기는 아빠를 이해하기 어렵지는 않았지만 그렇다고 온전히 받아들이기도 어려웠다. 아픈 엄마를 A에게 맡기고 아빠는 여전히 회사에 갔고 평소의 생활을 유지했다. 입대한 남동생도 마찬가지였다. 이들이 엄마를 사랑하지 않거나 엄마에게 무심한 것은 아니었지만, 어쨌든 두 사람은 각자의 일상을 유지했다. A는 아빠라도 돈을 벌어와야 네 식구가 먹고살 테니 어쩔 수 없는 일이라고 생각했다. 하지만 엄마의 투병 생활이 길어지자 이 가족은 엄마의 암 투병으로 인해 일상이 변한 사람들과 그와 무관하게 이전의 일상을 유지하는 사람들, 둘로 나뉘었고 둘 사이의 간극은 점점 커졌다.

말 없는 엄마 못지않게 아빠도 말이 없었다. A가 병원에 다녀와 엄마 상태가 어떻다고 말하면 아빠는 말없이 듣고 알았다고만 했다. 이런저런 치료를 할 거라고 말하면 그렇게 하라며 필요한 돈을 주었다. 아빠는 아빠 나름으로 열심히 돈을 벌었고 가정을 유지하고자 애썼다. 그것이 나름의 방식으로 엄마를 돕는, 가정을 유지하는 최선이라 생각한 듯싶었다. A는 아빠의 속마음을 다 알 수 없었지만 확실한 것은 언젠가부터 A가 집안에서 엄마를 돌보는 실질적인 책임자가 되었다는 사실이었다.

심지어 A는 부모를 대신해 집안일을 도맡았다. 집안일은 해도 끝이 없었고 좀처럼 익숙해지지 않았다. 집안일이란 한다고 해서 티 나는 것이 아니라 안 할 때 티가 나는 것임을 A는 어린 나이에 알게 되었다. 어설프게나마 밥을 차리고 설거지를 하고 빨래와 청소를 하고 나면 하루가 금방 지나갔고, 엄마를 모시고 병원을 오가다 보면 한 달이 금세 지나갔다. 돌이켜보면 한 것은 아무것도 없는 것 같은데 1년여의 시간이 사라지고 없었다. 학교에서 공부하고 취업을 준비해야 할 1년이 그렇게 송두리째 증발된 채 A는 스물 셋이 되었다.

A는 그저 어쩔 수 없다고 생각했다.

그러던 어느 날 담당의사는 신약에 내성이 생겨서 어머니의 암이 커져버렸고 이제 더 이상 신약이 듣지 않는다고 했다. 신약 치료가 중단되었고, 다른 방법으로 세포독성 항암제를 권했다. A의 엄마는 그 자리에서 거절했다. 머리털이 빠지고 토악질을 하면서까지 살고 싶지 않다고 했다. 그러나 누군들 그렇게까지 하는 게 괜찮아서 항암치료를 받겠나. 어쩔 수 없으니까 받는 것일 뿐이다. 그런데도 A의 엄마는 세포독성 항암치료에 유독 민감했다.

"내가 얼른 죽어야 할 텐데…. 그래야 네가 편해질 텐데…."

이 무렵부터 엄마는 A에게 이런 말을 자주 했다. A는 엄마가 그런 말을 하는 것이 싫었다.

누군가가 죽어야만 끝나는 영 케어러의 간병. A는 간병의 굴레에서 벗어나야 마음 편히 친구들을 만

날 수 있었다. 연애도 공부도 취업 준비도 간병의 굴레에서 벗어나야 할 수 있었다. 엄마의 말이 틀린 말은 아니었고 이런 생활 역시 좋지 않았지만 그렇다고 엄마의 말이 반가울 리도 없었다.

A의 고민이 깊어질 틈도 없이 암 덩어리는 금방 커졌다. 담당의사는 이제 종양이 자라는 속도가 빨라지고 있다고 했다. 호스피스 상담을 받을 시점이 다가오고 있다고도 했다. 엄마의 폐에 눌어붙은 암 덩어리가 점점 커지면서 폐를 누르자 숨이 차기 시작했다. 엄마가 산소 호흡기 없이는 숨을 쉬기 어려운 처지가 되자 A는 엄마를 모시고 호스피스 병원을 방문했다. 호스피스 병원 의사는 이 정도 폐 기능으로 그간 어떻게 생활했냐며 놀라워했다. 이 정도면 가만히 앉아 있기도 힘들었을 텐데, 이 상태로 그간 서울을 오갔던 것이냐며 눈을 동그랗게 뜨면서 물었다.

A는 엄마의 상태가 그 정도로 심각한 것이라고는 생각하지 못했다. 서울의 큰 병원 담당의사는 늘 덤덤하게 이야기했기에 별일 아니라고 생각했다. 하지만 호

스피스 병원 의사는 당장 입원할 것을 권했다. 외래만 볼 요량으로 왔다가 엄마는 바로 호스피스 병동에 입원했다. 이제 얼마 남지 않은 것 같다는 말에 충격을 받았는지 엄마는 통 먹지 않았다. 얼마 전까지만 해도 이렇지는 않았는데 병원에 입원해서 더 나빠진 것 같았다. 병원에서 잘못 치료해서 나빠지는 것 같았고 A는 병원과 의료진이 원망스러웠다. 무뚝뚝한 호스피스 의사는 마음의 준비를 하라는 말만 여러 번 던지고 갔다.

A는 울었다. 엄마 상태가 나빠진 것이 자신 때문인 것 같았다. 엄마가 라면 먹고 싶다고 할 때 라면을 끓여준 일, 갈빗살 구워 먹을 때 까맣게 탄 끝 부위를 떼어내지 않고 그냥 주었던 일, 숨차다고 마스크를 자꾸 벗으려는 엄마를 단속하지 못한 일, 엄마에게 신경질 냈던 일… 크고 작은 일들이 자꾸 마음에 걸렸다. 그러지 말았어야 했는데.

막막했다. 주변 친구들에게 물어봐도 이런 경험이 없는 20대 초반의 친구들은 A를 이해하지 못했다. A는 어느 순간부터 친구들에게 전화하기도 꺼려졌다. 그나

마 이모가 많이 도와주었지만 엄마의 투병이 길어지면
서 어느 순간부터는 이모의 전화도 뜸해졌다. A는 혼자
서 인터넷도 찾아보고 기적을 일으켰다는 용한 약제도
찾아봤지만 도움이 되지 않았고 막막함은 끝내 사라지
지 않았다.

　　사람의 숨은 금방 끊어지는 것인 줄 알았지만 엄
마의 숨은 생각보다 오래 이어졌다. 엄마는 숨이 차서
꺽꺽거리면서도 오래 버텼다. 숨이 심하게 찰 때마다 의
료진이 와서 산소 농도를 높이고 갔다. 저렇게 힘들어
하다가 죽는 것이라면 차라리 엄마가 빨리 돌아가시는
게 나을 것도 같았다. 그러다가도 그런 생각을 하는 자
신이 나쁜 년 같아서 자기 자신이 미워졌다. A는 엄마
를 간병하다가 힘들면 혼자서 울었다. 편안히 보내드리
려고 호스피스 병동에 엄마를 입원시킨 것인데 막상 엄
마가 죽는다고 생각하면 견딜 수 없었다.

　　엄마는 거친 숨을 몰아 쉬면서 얼굴을 찡그렸고
자다가 깨기를 반복했다. 자세에 따라서 숨찬 정도가
달라지니 자꾸 뒤치락거렸다. 밤새 기침을 하느라 한숨

도 자지 못하는 날이 많았고 나오지도 않는 가래를 뱉느라 하루에 티슈 한 곽을 다 썼다. 무슨 미련이 더 남아서 저렇게 고통스러운데도 버티고 있는 건지 알 수 없었다. 의식은 점점 더 흐려져서 혼수상태가 된 엄마는 모질게 버티며 A의 마음을 후벼 팠다. A는 기다리는 것밖에는 할 수 있는 것이 아무것도 없었다.

엄마가 그만 고생하고 편안히 떠났으면 하는 생각과 엄마가 죽지 않았으면 좋겠다는 생각이 계속 교차했다. 시간을 되돌리고 싶었고 예전에 잘해주지 못한 것만 계속 떠올랐다. 믿지도 않는 신에게 기도하기도 했다. 기적이 일어날 수는 없는지 신에게 물었으나 응답은 없었다. 그리고 두려웠다. 엄마가 이 세상을 떠나는 것이 두려운 것인지 혼자 세상에 남겨져야 하는 것이 두려운 것인지 알 수 없었지만 분명한 것은 두렵다는 사실이었다.

엄마가 떠나고 나면 남동생과 아빠를 돌보던 엄마의 역할을 A가 해야 한다는 사실은 자명해 보였다. 이제 고작 스물 셋인 자신이 엄마의 빈자리를 메운다는 것이 어떤 것인지 다 헤아릴 수는 없었지만 몹시 버거울 것이라는 사실만큼은 알 수 있었다. A는 혼자서 계속 울었다.

며칠 뒤 엄마는 A의 품에서 세상을 떠났다. 그리고 한 달이 지난 뒤 A는 엄마의 죽음을 담당의사인 나에게 알렸다. 담당의사는 A에게 엄마를, 환자를 마지막까지 잘 돌봐줘서 고맙다고 했다. 그렇게 A의 기나긴 간병이 이제야 끝났다.

A는 엄마를 간병하며 무엇을 느꼈을까? 투병 생활의 민낯을 너무 일찍 알아버린 그녀가 나중에 마음 편히 아플 수나 있을까? 마음 놓고 나이 들 수는 있을까? 걱정이 앞섰다. 나는 A가 그 후에 어떻게 살고 있는지 알지 못한다. 엄마의 죽음 이후 얼마나 많은 날을 혼자 울었을지, 또 울어야 할지 역시 알지 못한다. 간병도 죽음도 죽음 이후도 모두 힘들다는 것 정도만 나는 겨우 안다. 그러니 감당하기 어려운 고난이 찾아와도 어떻게든 잘 살아가고 있기를 바랄 뿐이다.

다만 한 가지, 모두가 분명히 알고도 외면한 사실

이 있다. A는 영 케어러였지만 그녀 역시 마땅히 보호받아야 할 한 가족의 구성원이었고 사회의 젊은 구성원이었다는 사실이다. 하지만 나를 포함한 세상 사람들은, 사회는, 그녀를 효녀라 부르고 연민하는 것으로 선을 그었다. 환자를 돌보는 책임은 너에게 있고 우리에게 있지 않다고, 이 사회에 있지 않다고.

　병원에서 종종 A 또래의 혹은 그보다도 어린 영 케어러들을 마주칠 때, 그들을 선 너머에 홀로 두고 '우리'라는 이름으로 끌어안지 않은 것은 아닌가 반문한다. 어린 보호자가 선 밖에서 소리 없이 울며 희생했기에 선 안쪽의 우리가 평온할 수 있었던 게 아닐까? 우리가 외면한 만큼 그 선은 두터워졌던 것은 아니었을까? 선 안쪽의 우리가 먼저 그 선을 없애야 하지 않을까? 안쪽에 서 있는 우리가 그들보다 좀 더 어른이지 않은가.

정상 가족
이데올로기 1:
누가 진짜 가족인가?

"아니, 병원에서 멀쩡한 가족 놔두고 생판 남한테 시신을 넘겼다고? 당신들 어떻게 일을 이따위로 하는 거야? 내가 이 병원 가만 안 놔둘 거야! 당신들 각오해!"

병동에서 한 중년 남자와 여자가 큰소리로 항의하고 있었다. 얼마 전 세상을 떠난 한 환자의 남동생과 올케라고 했다. 환자가 사망하면 가족이 장례를 치러야하고 병원은 당연히 시신을 가족에게 인도하는데, 병원에서 시신을 가족이 아닌 다른 사람에게 넘긴 것이 문제였다. 유가족의 항의가 어찌나 거친지 이들의 카랑카랑한 목소리가 온 병동을 발칵 뒤집어 놓았다. 간호사의 멱살을 잡거나 때리지는 않았지만 분위기만 봐서는 그러고도 남을 것 같았다. 그런데 병원에서 시신을 남에게 넘겼다고? 그건 있을 수 없는 일이다.

알아보니 사연은 이러했다. 신장암을 앓던 52세 여자 환자는 늘 언니와 함께 병원을 찾았다. 언니는 환자가 투병 생활을 하는 내내 늘 환자 곁을 지켰다. 그런데 이 '언니'라는 사람은 환자의 친언니는 아니고 사촌언니라고 했다. 친자매이든 사촌이든 환자를 성심껏 돌봐주니 친자매인지 여부는 중요하지 않다고 생각했다. 누구든 그렇게 열심히 환자를 돌봐주면 의료진으로서는 고마울 따름이다.

어쨌든 환자의 언니라는 사람은 거동이 어려운 환자 옆에서 환자의 병수발을 다했다. 환자를 병원으로 데리고 왔고, 밥을 먹였고, 부축해서 화장실에 데리고 갔고, 병원에 입원했을 때는 환자 곁에서 쪽잠을 잤다.

하지만 그녀의 헌신적인 돌봄이 무색하게도 시간이 흐르면서 환자의 암은 계속 나빠져서 결국 호스피스 상담을 하게 됐다. 호스피스 상담을 할 때는 가족 상담을 하게 되는데, 이때 몇 가지 새로운 사실을 알게 되었다. 그중 하나는 사촌 언니라던 사람이 실제로는 환자의 대학 선배라는 사실이었다.

환자는 일찌감치 부모님을 여의었다고 했다. 결혼은 하지 않았고 혈육으로는 남동생이 한 명 있었다. 하지만 어떤 이유에서인지 남매는 서로 의절했고 연락이 끊긴 지 몇 년 되었다고 했다. 말은 다하지 않았지만 내가 모르는 사연이 있었을 것이고, 나는 더 묻지 않았다. 보통 가족관계가 단절되는 이유는 하나가 아니고 대부분은 시간이 흘러도 속 아픈 이야기이니 불필요하게 건드릴 이유가 없다.

사실 이런 경우는 흔하다. 다만 세월 앞에서 시간의 흐름만큼 사이가 멀어지면 피는 물보다 흐려진다. 특히 형제나 남매간이 그렇다. 어렸을 때나 형제, 남매이지 나이가 들고 각자 새로운 가정이 생기고 자기 가정에 충실하다 보면 혈육이라는 피는 흐려진다. 피의 농도는 항상 같을 수 없다. 그런데 이 환자에게는 피만큼 진한 다른 보호자가 있었던 셈이다. 의아한 마음에 환자에게 물어봤다.

"그동안 사촌 언니라고 했던 특별한 이유가 있었을까요?"

"어휴, 선생님도 제 처지가 되어보세요. 선배라고 하면 다들 무슨 사이냐고 하면서 보호자 데리고 오라고 해요. 가족이 저를 보호해준 적이 없는데 가족만 보호자래요. 선생님도 그간 봐오셔서 아시겠지만 제 보호자는 남동생이 아니라 이 언니예요. 그런데 이 언니가 대학 선배라고 하면 그 다음에 사람들이 또 물어요. 다른 가족은 없냐고요. 언니는 완전히 무시당하는 거죠. 없는 사람 취급해요. 제 남동생에게는 연락하지 말아주세요. 왜 그러는지는 묻지 말아주시고요. 필요한 일 있으면 언니와 상의하시면 돼요."

그 이야기를 들은 뒤로 나는 더 묻지 않았다. 다만 걱정은 좀 됐다. 호스피스 팀 미팅을 하다가 그래도 남동생에게 알리긴 해야 하지 않겠냐는 의견이 나왔다. 그래도 남동생인데, 그래도 유일한 혈육인데 임종 전에 얼굴은 한 번 봐야 하지 않겠냐, 그래도 장례는 치러야 하지 않겠냐고 말이다. 틀린 의견은 아니었다. 수많은 '그래도'가 나온 뒤에 어찌저찌 환자와 선배 언니를 설득했고, 우리 팀에서 환자의 남동생에게 연락을 해보았다. 그러나 남동생은 알겠다고만 했다. 우리는 내심 기다렸으나 그는 끝내 오지 않았다. 그 뒤로는 연락을 하지도, 연락이 오지도 않았다. 얼마 뒤 환자는 사망했고 병원은 하던 대로 현재 보호자인 언니에게 영안실과 장례식장을 안내했다. 시신은 영안실로 보내졌고 언니는 울면서 시신을 거뒀다. 그렇게 이야기는 끝나는 듯했다. 남동생과 그 부인이라는 사람이 찾아오기 전까지는 말이다.

"아니, 병원에서 멀쩡한 가족 놔두고 생판 남한

테 시신을 넘겼다고? 당신들 어떻게 이따위로 일을 하는 거야? 내가 이 병원 가만 안 놔둘 거야! 당신들 각오해!"

그들은 가족이 아닌 사람에게 시신을 넘겼으니 법률 위반이라며 어디서 주워들은 풍월을 읊어댔다. 고성을 지르고 간호사들을 막무가내로 겁박했다. 실제로 시신을 직계가족이 아닌 제3자에게 인도하면 문제가 된다. 남동생은 이점을 물고 늘어졌다.

사실 무의미한 연명의료를 안 하기로 결정하기 위해서도 직계가족이 필요하다. '호스피스·완화의료 및 임종 과정에 있는 환자의 연명의료 결정에 관한 법률' 제13조 제1항, 제14조 제1항에는 '가족관계증명서 등 해당 환자의 가족임을 증명할 수 있는 서류를 확인해야 한다'라고 되어 있다. 제22조 제2항에는 '가족관계증명서 등 해당 환자의 가족임을 증명할 수 있는 서류를 호스피스 전문기관에 각각 제출해야 한다'라고 되어 있다. 법을 만들고 집행하는 높으신 분들은 직계가족 관계를 확인해야 할 의무를 현장의 의료진에게 간단하게 떠넘겼다. 그 결과 다음과 같은 일이 벌어진다.

"잠시만요. 직계가족만 서류에 서명을 할 수 있어요. 지금 당신이 환자의 아들이라고 했는데 그게 거짓말일 수도 있고, 저는 믿을 수 없으니 가족관계증명서를 가지고 오세요."

"지금 밤 10시인데요? 어디에 가서 가족관계증명서를 가져오라는 말인가요? 저희 아버지 돌아가시게 생겼는데 제가 아들 맞다니까요?"

"그런 건 잘 모르겠고, 가족관계증명서와 본인 신분증 가져와야 아들임이 확인돼요. 법에서 그걸 요구해요. 돌아가시기 직전이니 빨리 가족관계증명서를 가져오세요. 그게 있어야 연명의료 관련 법적 서류를 쓸 수 있어요. 안 그러면 심폐소생술 해야 해요."

법은 참 야박하지 않은가? 환자의 임종이 임박해서 숨이 넘어가게 생겼는데 직계가족임을 반드시 확인해야 한다며 가족관계증명서를 요구한다. 환자가 돌아가시기 직전인 상황에 누군가가 자신이 아들이라고 하면 그 말을 믿는 것이 인지상정일 텐데 사람이 아니라 서류로 가족관계를 확인하겠다는 것이다. 그보다 가족관계를 속인 사람이 있다면 속인 사람을 처벌해야 마땅한데, 거짓말의 사회적 비용이 저렴한 우리나라에서는 속인 사람은 별일 없고 속은 쪽이 처벌받는다. 즉 가족관계 서류를 확인하지 않으면 의료진이 처벌받는다는 말이다. 병원이 방어적일 수밖에 없는 이유다. 어쨌든 그 결과 인간다운 존엄한 죽음을 위해 만든 법률이 존엄한 죽음을 막는다. 법이 스스로의 발목을 잡아 다시 원점이 된다.

또한 법률상으로는 가족이 없으면 편안히 죽을 수조차 없다. 그것도 그냥 가족이 아니라 '직계가족'이 필요하다. 법이 그렇다. 아버지, 어머니, 자녀로 구성된 정상가족 프레임과 여기에 바탕을 둔 법률은 환자의 죽음에 대한 모든 권한을 직계가족에 넘겼고, 직계가족이 아닌 사람들은 철저히 외면했다. 그 환자의 '언니'라는 분도 그런 경우였다.

유가족이 와서 벌인 한바탕 소동이 지나간 뒤 다시 되짚어 봤다. 무엇이 문제였을까? 나중에 듣기로는 유산이 문제였다고 했다. 알고 보니 대단한 유산도 아니었고 지방의 자그마한 집 한 칸이었다. 그러나 아무리 작은 유산이라고 해도 누군가는 처분하긴 해야 했던, 그런 유산인 모양이었다. 환자의 사망 소식을 들은 남동생이 유산을 물려받기 위해 정리하려고 보니 재산이 이미 다른 사람 앞으로 처분된 것을 발견했고, 그제야 어찌된 노릇인지 알아내기 위해 병원으로 찾아와서 병원에 애꿎은 분풀이를 한 거였다.

병원의 여러 관계자를 통해 알아보았다. 이 경우 고인이 생전에 이미 유언장 작성과 법적 효력을 위한 공증까지 다 마친 상태여서 별로 문제될 것은 없다고 했다. 환자가 임종 전에 자기가 죽더라도 절대 동생에게 시신을 인도하지 말라고 했고, 동생에게 자신의 죽음을 알리지도 말라고 했으며, 나중에 자신이 죽으면 남동생이 유산을 챙기러 찾아올 것까지 내다보고 변호

사를 통해 유산 분배까지 다 해두었다고 했다. 상담 일
지를 봐도 그와 같은 내용이 기록되어 있었다. 나중에
남동생이 와서 딴소리 할 가능성이 높으니 기록을 잘
남겨 달라고 특별히 요청까지 했기 때문이었다.

　남동생과 그 부인, 특히 고인의 올케라는 사람이
입에 거품을 물고 간호사들에게 따지자 오히려 사연을
어느 정도 알고 있던 간호사들이 그 사람을 거세게 몰
아붙였다고 했다. 고인이 생전에 아플 때는 얼굴 한 번
내비치지 않고는 이제 와서 자기 몫이라 여겼던 유산을
못 받게 되자 직계가족 운운하며 난리를 피우니, 환자
를 오래 봐온 간호사로서도 곱게 보일 리 없었다. 남동
생 내외는 두고 보자며 씩씩거리며 돌아갔다고 들었다.

　그 이후 소송을 했다면 법무팀에서 연락이 왔을
텐데 아무 연락이 없었던 것을 보면 그 일은 별 문제없
이 지나간 것 같았다. 고인이 이미 생전에 법적인 조치
를 다 해놨고, 자신이 소송을 해도 이길 수 없음을 확
인해서였을 것이다. 어쨌거나 개운한 뒤끝은 아니었다.
돈 앞에서는 핏줄도 소용이 없었다. 핏줄은 하찮아도

유산은 소중했다. 시간이 흐를수록 피는 묽어져도 돈은 선명해지는 법이니까. 병원에서 이런 경우를 마주할 때마다 나는 누가 정말 가족이고 누가 정말 남인지 알기 어려웠다. 과연 이것이 법에서 그리도 원하던 직계가족의 모습일까.

정상 가족
이데올로기 2:
'거의' 남편

"실례지만 어떻게 되시죠?"

"거의 남편이에요."

"거의 남편이요?"

"또 물어보시네."

환자의 보호자인 남자는 환자와 같이 산 지 10여
년이 되었고 사실혼 관계이지만 여러 이유로 혼인 신고
는 하지 못했다고 했다. 환자의 전 남편이 이혼을 해주
지 않은 상태에서 연락이 두절됐고, 남자가 기초생활

수급자로 지정되어 있던 터라 약간의 생활 보조금이 나오는데, 혼인 신고를 하면 기초생활 수급자 조건에 부합하지 않게 되니 생활이 곤란해진다는 이유도 한몫했다. 그러면 안 되는 꼼수인 줄은 알고 있었지만, 단돈 몇십만 원이 이들에게는 컸기에 차마 혼인 신고를 할 수 없었다. 세상에는 몇십만 원의 무게가 몇백만 원처럼 느껴지는 사람들이 있기 마련이고, 이들에게는 어쩔 수 없는 선택이기도 했다. 가난은 선택지를 좁힌다.

　게다가 각자 사별, 이혼, 사업 실패, 신용불량 등 여러 아픔을 겪었다 보니, 또 다시 혼인이라는 굴레를 만들면 헤어질 때의 슬픔이나 고통의 무게를 감당하기 어렵다는 것도 잘 알고 있었다. 그래서 그들은 새로운 형태로 가정을 꾸렸고, 그들만의 방식으로 서로의 아픔을 보듬으면서 살았다. 전 부인에게서 태어난 아이와 전 남편 사이에서 태어난 아이는 서로 형제처럼 컸다. 부부는 상대방의 아이를 자기 아이처럼 아꼈고, 아이들에게 때로는 아빠처럼 때로는 삼촌처럼, 때로는 엄마처럼 때로는 이모처럼 그렇게 가족이 되어 살았다. 남들이 뭐라고 해도 그들은 가족이었다. 환자가 아플 때도 남자는 극진하게 환자를 간병했다.

사실 두 사람의 관계는 기껏해야 동거인, 사실혼 정도, 엄밀하게 보면 그냥 아무 관계도 아니었다. 그러나 실질적으로는 가족보다 더한 관계였다. 법이 뭐라고 한들, 남들이 뭐라고 한들, 그들은 다른 가족 못지않게 그들의 방식으로 잘 살고 있었다. 한 가지 걸림돌이라면 집요하게 관계를 캐묻는 병원 생활이었다.

병원에서 지내다 보면 환자와 관계가 어떻게 되느냐는 질문을 많이 받는다. 서류라도 떼려고 하면 가족관계증명서를 요구할 때가 많다. 그럴 때마다 남자는 남편이라고 하면 거짓말이 될까 봐 '거의 남편'이라고 대답했다. 이런저런 이유로 가족관계증명서를 요구받게 되면 어차피 들통날 테니 '거의 남편'이라는 새로운 단어로 그들의 관계를 정의했다. 그러나 사람들은 뭐가 그리도 궁금한지 그냥 지나치지 않고 집요하게 캐물었다. "거의 남편이요? 그럼 진짜 남편은 아니라는 말인가요? 관계가 어떻게 되시죠?" 그럼 남자는 간략한 말로 긴 설명을 대신했다.

　"친가족들은 연락이 안 돼요. 전 남편과도 연락이 안 되고요. 이 사람(환자)이 사연이 좀 있어요."

　세상에 사연 없는 사람은 없다. 들여다보면 '거의 남편' 말고도 '거의 동생', '거의 아들', '거의 딸'이 현실에 있다. 세상에 뿌려진 다양한 사연만큼이나 세상에는 다양한 관계가 있다. 핏줄로 묶인 가족으로 정형화되진 못했지만 그런 가족 못지않게 서로를 위하는 관계. 그럼에도 불구하고 법적으로 가족의 지위를 인정받지 못한 법의 프레임 바깥에 존재하는 관계들. 세상으로부터 관계를 인정받지 못한 사람들. 혈통적으로 부모 자식으로 구성된 정상가족 이데올로기는 이 같은 프레임 밖의 사람들을 강하게 밀어낸다. 지금도 실질적인 가족 역할을 하는데도 불구하고 법적으로 직계가족이 아니면 가족이 아니라는 인식 속에서 '아무도 아닌' 사람들이 많다.

정상가족 이데올로기는 부모가 아프면 자식이 봉양해야 한다는 이데올로기로 이어져 돌봄을 국가와 사회가 신경 쓰지 않아도 되는 영역으로 내몰았다. 국가와 사회는 '원래 부모가 아프면 아들딸이 돌봐야 하는 거야. 그게 효도야. 그것도 안 하면 당신은 불효자야'라며 모든 짐을 가족에게 떠넘긴 채 모르쇠로 일관한다. 급격한 산업화 과정에서 국가의 사회보장 기능이 제대로 작동하지 않으니 가족은 가족끼리 더욱 뭉쳐서 그들의 삶을 지탱할 수밖에 없게 된다. 개인이 아닌 가족 단위로 사다리에 오르는 사회에서 낙오된 가족은 쉽게 해체되고, 가족이라는 프레임 바깥의 사람들은 설 곳이 없어진다.

가족이 아니면 누구도 거두어주지 않는다는 믿음은 수많은 '자녀 살해 후 자살'을 낳았다. 어린아이들은 부모가 왜 나를 죽이는지 영문도 모른 채 죽어갔다. 그마저도 정상가족 이데올로기에서는 '자녀 살해 후 자살'을 '일가족 동반 자살'로 표현하며 자식의 생사여탈권이 당연히 부모에게 있다는 믿음을 언어에 담는다.

거꾸로 병원도 연명의료중단 시 부모의 생사여탈권은 자식이 갖고 있다는 전제 하에 가족관계증명서를 보여준 직계 자녀에게 부모의 연명의료를 할지 말지 정하라고 요구한다. 연명의료 중단이 효도와 상충하는 고충은 정상가족 이데올로기가 알 바 아니다. 그건 각자 알아서 해결할 문제였다.

더불어 정상가족 프레임의 이상한 공식은 우리 사회에 '그림자 사람'을 낳았다. 친동생은 아니지만 친동생보다 나은 거의 동생, 남편보다 나은 거의 남편, 거의 아내, 거의 언니⋯. 실질적인 부양과 돌봄을 하면서도 외면받는 사람들. 늘 환자와 함께하지만 제 실체를 인정받지 못하는 그림자와 같은 사람들. 이들은 결국 법적으로는 아무도 아닌 사각지대에 놓인다.

이러한 사람들을 마주할 때마다 나는 자꾸 묻게 된다. 법적 보호자를 혈연과 혼인으로 구성된 가족에 국한하는 일은 시대의 흐름을, 변화하는 개인의 삶을 반영하고 있는지. 살면서 핏줄로 묶인 가족이 서로 보호 관계에 있어본 적이 없는 경우에도 혈연 가족에게만 보호자 서명 권한을 주는 일은 온당한 것인지. "가족을 애정, 돌봄, 책임, 그리고 어려움을 함께 헤쳐나가는 관계로 정의했을 때, 누군가에게는 결혼과 혈연, 입양으로 맺어진 정상가족이 이러한 정의와 불일치할 수 있다(『아파도 미안하지 않습니다』, 조한진희, 동녘 2019)"는 사실을 우리는 과연 모르는 걸까?

돌아보면 정상 가족이 정상이 아닌 때가 많다. 최근에는 가족의 해체, 독거 노인, 비혼도 늘고 있다. 동아일보 기자인 김희경은 『이상한 정상가족』(동아시아, 2017)에서 "비혼의 급증은 개인화의 결과가 아니라 불안정해진 삶의 표현"이라고 말한다. 불안정해진 삶이 늘어나는 요즘, 정상 가족 프레임은 앞으로도 과연 유효할까? 돌봄과 연명의료와 같은 의료적 사안에 있어서도 새로운 대안 없이 그저 직계가족이 알아서 해결할 문제로 놔두면 세상은 평온할까? 정상 가족이란 대체 무엇인가? 피로 맺어져야만 가족인가? 누가 정상 가족과 비정상 가족을 규정하는가? 정상 가족의 프레임으로 세상을 바라보면 세상이 온전히 이해되지 않는

다. 박주영 판사의 말처럼 프레임 바깥에도 엄연히 세상은 존재한다. (『법정의 얼굴들』, 모로, 2021)

섣불리 위로하지 말기

바야흐로 암 환자 150만 명 시대다. 집집마다 암 환자 없는 집이 없고 조금만 주변을 돌아보면 누가 암에 걸렸다더라 하는 소식을 접할 수 있다. 대부분의 사람들이 가까운 지인이나 친척이 암에 걸렸다는 이야기를 들으면 어떻게 하느냐며 걱정과 위로부터 한다. 그러나 막상 암 환자들 중에는 주변과 연락을 끊고 지내는 사람들이 많다. 왜 그런 걸까? 예전에 암 환자인 남편을 간병하던 어떤 보호자는 이런 이야기를 했다.

"주변에서 하도 이래라저래라 말이 많아서 그게 더 힘들어요. 서울의 큰 병원에 안 가보고 뭐하느냐. 누가 그러는데 이러이러 해야 한다더라. ○○이 그렇게 암에 좋다는데 그것도 안 하고 뭐하고 있냐. 먹는 것을 그렇게 먹어서 쓰겠느냐…라면서요. 저도 나름대로 신경 쓰면서 한다고 하고 있는데 주변에서 말이 많네요."

환자와 가족들을 힘들게 하는 것 중 하나는 타인이 그 고통을 너무 쉽게 규정하고 지레짐작하고 동정하는 일이다. 나름 선의를 가지고 도움되라고 한 말이라지만 상대방을 제대로 이해하고 배려하는 마음은 아닌 것 같다고들 말한다. 남들이 달려들어 내 몫의 슬픔을 그들의 잣대로 규정하고 재단하려 할 때, 그것은 슬픔을 견뎌야 하는 사람에게 더 큰 슬픔이 되곤 한다.

"다들 말만 하고 가버려요. □□하라고 하면서 정작 십 원 한푼 보태주지는 않더라고요. 좋은 뜻으로 이야기해주는 거겠지만, 그 이야기를 한 상대방은 환자를 위하는 좋은 사람이 되고 그렇게 하지 않은 나는 나쁜 사람이 되는 것 같아요.”

우리나라에는 건강한 사람이 아픈 사람에게 병이나 건강 관리에 대해 한마디쯤 할 수 있다는 이상한 믿음이 있는 것 같다. 이런 믿음은 보통 ‘다 너를 위해서 하는 말이야. 나니까 너에게 이런 말을 해주는 거야’라는 선의로 포장되어 있다. 특히 개인보다 집단을 중시하고 관계 지향적인 우리나라 문화는 이런 믿음을 더 부추긴다. 건강보조식품을 구입해 택배로 보내는 일, 무조건 잘될 거라는 밑도 끝도 없는 희망 섞인 말, 출처도 근거도 불분명한 정보성 충고, 어쩌다가 이렇게 됐냐는 망언까지. 이 4종 세트는 환자나 보호자에게 정말 최악이다.

“어쩌다가 이렇게 됐냐는데 그런 말을 들으면 억장이 무너져요. 우리라고 이렇게 되고 싶어서 됐겠어요? 애 아빠가 담배를 조금 펴서 그렇지 그것 말고는 건강 관리도 나름대로 잘했어요. 우리라고 암에 걸리고 싶어서 걸린 게 아니라고요. 이렇게 되니 그 사람도 속상하다는 건 알겠는데, 보는 사람마다 그런 말을 하니까 듣는 사람은 그런 소리를 들을 때마다 속이 뒤집어져요. 그렇게 남의 속을 다 뒤집어 놓고 무조건 다 잘될 거라고 하는데… 참….”

틀린 말이 아니다. 투병 생활을 열심히 하면 결국은 잘될 거라는 비현실적인 낙관적 희망이 더 큰 상처가 되기도 한다. 결과가 좋지 못할 때 내가 열심히 하지 않아서 그렇다는 자책으로 이어지기 쉽기 때문이다. 잘될 거라는 무조건적 희망이 환자 본인에게나 가족들에게 비수가 되어 꽂히기도 한다. 본디 상처는 준 사람은 기억하지 못하고 받은 사람의 기억에는 평생 남는 법이다.

암 환자와 그 가족에게 정말로 도움을 주고 싶다면 아주 쉽고 간단한 방법이 있다. 바로 침묵하는 것이다. 섣부른 위로보다는 침묵이 차라리 낫다. 건강한 나는 위로해주고 싶지만, 정작 아픈 상대방은 위로받고 싶지 않을 수도 있다. 오히려 환자나 환자 가족에게 필요한 것은 많은 말 대신 어떤 어려움이 있더라도 옆에 함께 있어주겠다는 마음가짐이다. 실제로 마지막 순간까지 함께 있어주는 사람은 몇 명 없다.

"정말 고마운 분들은 아무 말도 하지 않는 분들이었어요. 제가 급한 사정이 생겨서 저 대신 애 아빠 병원에 같이 가줄 수 있냐고 할 때 단번에 와주는 분들. 말 없이 5만 원짜리 몇 장 든 봉투를 몰래 주는 분들. 잘 먹어야 한다고 고기라도 한 번 사주는 분들. 이런 분들이 정말 너무 고맙더라고요. 그런 사람들은 이래라저래라 말하지 않아요."

이 이야기를 들으며 생각해보았다. 정말 환자와 환자 가족들에게 중요한 것, 필요한 것은 무엇일까? 환자를 평소처럼 대해주고 돌봐주는 일. 변함없이 환자 자신이 소중한 사람이라고 느끼게 해주는 일. 환자가 늙고 병들고 힘 없고 초라해도 환자와 끝까지 함께하는 일. 환자에게 실질적인 도움을 주는 일. 환자가 필요로 한다면 언제든 달려가겠다는 마음가짐일 것이다. 어설 픈 훈수와 위로보다도 이런 것이 더 중요하지 않을까?

외주화되는
죽음들

대가족이 주를 이루던 시절, 노인들은 윤달에 수의를 미리 준비해서 영정과 함께 장롱 한구석에 보관했다. (이 수의가 요즘으로 치면 연명의료 계획서이다.) 약이라고 할 것도 변변치 않고 병원도 마땅치 않았던 그 시절에 집안에 노인이 앓아누우면 온 가족이 함께 간병하고 돌봤다. 노인들은 자신이 평생 살던 집에서 눈을 감았고 집에서 장례를 치렀다. 남은 가족들은 고인이 머물던 방에서 마지막 순간을 떠올리며 고인을 추모했다. 그렇게 집과 삶 속에 죽음이 함께 있었다.

그러나 도시화와 함께 아파트가 들어서며 상황은 달라졌다. 4인 가구가 국민 표준이 되면서 대가족은 해체됐고 아파트라는 주거 형태는 집에서의 임종을 불편하게 했다. 때마침 병원은 많아졌으며 병원 내 장례식장은 성황을 맞았다. 이제 사람들은 자신이 살던 집이 아니라 병원에서 죽음을 맞는다. 현대 사회는 죽음을 병원 안에 가둠으로써 우리 일상으로부터 죽음을 단절시켜버렸다. 죽음이란 나는 모르는 일이 되었고 나아가 남의 일이 되었다. 죽음이 삶에서 분리되고 외주화된 것이다.

죽음의 외주화는 인식의 변화를 가져온다. 집에서 키우던 가축을 잡아먹던 시절에는 적어도 그 가축에게 미안하고 고마워했다. 하지만 도축장이 들어서며 동물의 죽음이 외주화되자 고기는 그저 마트에서 사는 상품이 되어버렸고 결국 공장식 축산이 표준화되었다. 우리는 더는 소나 닭, 돼지를 생명으로 바라보지 않고 얼마나 싸고 맛있느냐로 평가한다. 인간이든 동물이든 죽음이 생활에서 분리되어 외주화되자 죽음은 새로운 비즈니스로 재탄생하게 되었다.

　죽음을 맞는 장소의 변화는 단순히 공간의 이동에 그치지 않는다. 환자가 집을 떠나 병원에 옮겨지는 순간 환자는 자동화된 컨베이어 벨트에 올라탄 것처럼 병원 시스템에 끌려간다. 병원에서는 사망 과정에 들어선 죽음도 무조건 '치료'의 대상이 될 뿐이다. 입으로 음식을 삼키지 못하면 콧줄로 영양 성분을 밀어 넣고, 숨을 못 쉬면 억지로 산소를 공급한다. 수십 개의 줄을 연결해 내일 죽을 사람을 본인 뜻과는 무관하게 몇 달이고 연명시키는 일도 벌어진다. 이 과정에서 탈인간화는 덤이고 돌봄도 덩달아 외주화된다. 결국 죽음의 외주화가 불러오는 것은 죽음에 대한 준비의 부재다. 삶에서 죽음으로 이어지는 마지막 단계는 상당한 시간이 걸리고 많은 사람의 도움이 필요한데 죽음의 외주화가 보편화된 사회에서 이 마지막 과정은 힘들고 지난하다. 죽음이 삶에서 유리되어 왔기 때문에 갑작스레 직면한 죽음은 환자나 가족 모두 두렵고, 이 마지막 과정은 낯설고 무엇을 어떻게 준비해야 하는지 잘 모른다. 결국 말기 암 환자들조차도 막상 임종이 닥쳤는데 영정으로 쓸 사진을 구하지 못하는 일이 허다하다.

지금도 병원 안과 밖의 많은 사람이 이 시간을 상상해본 적 없을 것이다. 하지만 인간은 결국 죽음을 피할 수 없고, 이 마지막 시간은 찾아오게 되어 있다. 비록 죽음이 외주화된 현실을 바꿀 수야 없겠지만, 나에게, 내 가족에게 이 시간이 다가오게 되면 이 과정을 어떻게 준비하고 진행할지 함께 생각해볼 수는 있지 않을까? 죽음을 준비하는 과정을 한 번쯤 미리 생각해보는 것, 이것이 지금의 삶을 되돌아보는 계기가 될 수 있다.

집에서 평온히
임종하는 일

"혹시 나중에 임종하시게 되면 어디에서 떠나고 싶으세요? 장례는 어떻게 하고 싶으신지 평소에 생각해두신 것이 있으신지요?"

환자가 암 말기에 이르면 나는 환자에게 이런 질문을 하고 이에 대해 종종 이야기를 나눈다. 이런 대화를 나눌 때 보면 보호자분들 대부분이 옆에서 눈을 동그랗게 뜨고 기겁한다. 의사라는 사람이 어떻게 불경스럽게 저런 말을 함부로 하지, 하는 표정으로 가족들의 얼굴은 사색이 된다. 하지만 놀란 가족과는 반대로 환자분들 대부분은 기다렸다는 듯이 자신이 생각해두었던 것들을 이야기한다.

한번은 폐암을 앓던 60대 초반의 여자 환자분에게도 같은 질문을 했다. 항암치료를 중단하기로 했고 이제는 임종기 상담을 진행해야 하던 참이었다. 그녀 역시 내가 묻자마자 말문을 열었다.

"마침 잘 물어보셨어요. 저도 오랫동안 생각해봤던 건데 그 누구도 저에게 묻지 않았거든요."

그녀는 차분히 말을 이어나갔다.

"저는 여건만 된다면 집에서 죽었으면 좋겠어요. 이제는 병원이 지긋지긋해요. 아직 아이들이 철이 없어서 애들에게는 말을 못했는데, 죽으면 화장했으면 좋겠어요. 산소를 만들면 벌초하는 것도 일이고 괜히 애들 고생시키는 것 같아서 싫어요. 납골당도 싫어요. 저는 아파트도 싫은 사람인데 그런 좁아 터진 항아리 같은 데 갇혀 있는 거 싫어요. 화장해서 그냥 고향 언덕에 뿌려줬으면 좋겠어요. 고향에 제가 좋아하는, 저만의 장소가 있거든요.”

　말문이 트이자 그녀는 본인의 바람을 계속 이야기해나갔다. 장례식은 어떻게 했으면 좋겠고, 누구누구는 꼭 오라고 했으면 좋겠고, 누구에게 연락하면 친구들에게 모두 연락이 갈 것이고, 예전에 ○○상조회사에 보험을 들어놓은 것이 있는데 거기에 연락하면 장례비가 얼마가 나올 것이고, 거기에 조의금 들어오는 것을 합치면 장례 치르는 데는 문제없을 것이다, 장례 치르고 남은 조의금은 자녀들이 똑같이 나누었으면 좋겠고… 그렇게 그녀의 바람을 듣는데, 함께 있던 따님은 놀라는 눈치였다. 아마도 엄마의 바람이 너무나 구체적인 탓이었으리라. 하지만 놀람도 잠시, 이내 따님의 눈시울이 붉어졌고 그녀는 조용히 울기 시작했다. 우리 엄마가 그런 생각을 이미 다 하고 계셨다니, 하는 마음이었을 것이다.

　겉으로 표현을 안 해서 그렇지 환자분들은 나름대로 그런 생각들을 어느 정도는 다 해둔다. 머릿속으로 계획도 짜둔다. 다만 물어봐주는 사람이 없고 표현할 기회가 없을 뿐이다. 아무리 가족이라고 하더라도 죽음은 일종의 금기어이기 때문에 '엄마는 나중에 죽으면 어떻게 하고 싶어?' 이런 질문을 선뜻 하지 못한다. 생각해보면 살면서 중요한 질문이지만 서로 눈치만 보다가 물어보지 못하고 차일피일 미루는 일이 얼마나 많은가. 죽음이 가까운 환자의 경우도 그렇다. 그렇게 서로 눈치만 보다가 예상보다 빨리 돌아가시게 되면, 보통은 환자 본인의 뜻과는 정반대의 방향으로 일이 진행되곤 한다.

　그 환자분은 나에게 물어봐줘서 고맙다고 했다. 그럴 때마다 의사인 내 역할 중 하나가 환자가 가족과 죽음에 대해 이야기를 나눌 수 있도록 물꼬를 터주는 일이라고 생각했다. 때로는 그러다가 원망을 듣는 경우도 있지만 그래도 의사가 먼저 이야기를 꺼내면 그 후로는 환자와 가족이 더 구체적인 대화를 나누는 것 같았다. 그것 역시 서로를 이해하는 과정이고 환자 본인의 뜻을 존중해나가는 과정일 것이다.

그녀는 병원의 완화의료 팀과 호스피스 상담을 했고, 우리는 그녀가 원하던 대로 집에서 임종할 수 있도록 계획을 세웠다. 환자가 숨이 찰 경우를 대비해서 집에 '홈오투Home O2'라는 산소 발생기를 설치했고, 통증이 심해질 경우를 대비해서 주사 진통제와 똑같은 먹는 속효성 진통제를 처방했다. 이 정도만 있어도 집에서 웬만한 상황은 대처가 될 것이라고 생각했다. 또한 집에서 환자가 임종했을 때 변사 처리되면 경찰이나 과학수사대가 와야 하고 골치 아파지기에, 이를 대비한 소견서도 작성해두었다. 그렇게 계획을 세우면서 우리는 환자가 원하는 대로 집에서 죽음을 맞을 수 있을 거라고 생각했다.

하지만 그로부터 며칠 뒤 그녀가 응급실에 오면서 계획은 틀어졌다. 환자가 점차 숨이 차면서 임종이 가까워졌고, 호흡 곤란이 점차 심해지자 집에서 감당이 안 되었는지 따님이 환자인 어머니를 응급실로 모시고 온 것이다.

의료진으로서는 이런 환자분들을 많이 보기 때문에 이 같은 환자 상태를 보면 환자가 임종기에 접어들었고 곧 임종할 거라고 생각하지만, 가족의 입장은 완전히 달랐다. 죽음이 외주화되다 보니 살면서 사람이 죽는 과정을 지켜본 적이 없다. 그 과정을 처음 겪는데 그 죽음이 내가 가장 사랑하는 사람의 죽음이고, 내가 평소 사는 집에서 맞는 죽음이 된다. 아무리 의학적으로 준비를 많이 해두었고, 의료진으로부터 이런 상황이 오면 어떻게 하면 된다고 교육을 받았어도 따님으로서는 우왕좌왕할 수밖에 없었다.

어찌 보면 의료진의 오판이었을지도 모른다. 가족이 그 정도는 감당하리라고 생각했던 것이, 직업적으로 죽음이 무뎌진 사람들이 환자의 가족들도 의료진처럼 죽음을 능숙히 대할 수 있으리라 생각한 것이 잘못된 판단이었을지도.

이 가족에게는 머리속으로 상상해본 엄마의 죽음

과 현실로 다가온 엄마의 죽음은 완전히 다른 모습이었던 것 같았다. 환자의 따님은 이러다가 정말 우리 엄마 죽는 것 아니냐며 응급실에서 울부짖었고, 엄마를 살려내라고 소리쳤다. 다행히 호스피스 상담을 해두었고 본인이 작성한 연명의료 계획서가 있었기에 응급의사는 환자에게 인공호흡기를 달지 않았다. 환자를 호스피스 병원으로 연계해서 전원시켰다. 그리고 환자는 그곳에서 며칠 뒤 숨을 거두었다고 했다.

결국 환자의 바람대로 집에서 임종하지 못했다. 그 모든 준비 과정을 함께했고 지켜봐온 나로서는 아쉬워해야 할지, 어쩔 수 없는 일로 받아들여야 할지 판단이 잘 서지 않았다. 물론 집에서 맞는 임종은 평온한 임종이고 병원에서 맞는 임종은 불편한 임종이라고 이분화해서 단정짓고 싶은 생각은 없다. 아파트 문화인 우리나라에서 현실적인 여건을 감안해보면 집에서의 임종은 쉽지 않다. 소중한 사람이 마지막에 고통스러운 죽음을 삶의 공간인 집에서 맞았다면, 누군가는 그곳에서 계속 살아가야 할 테고, 그 죽음의 잔상은 그 공간에 계속 겹칠 것이다. 그것은 남은 이들에게 자칫 죄책감으로 이어지기 쉽다.

이런 이유로 재택 의료라거나 왕진, 가정 방문 호스피스 같은 시스템이 절실하다. 그냥 무턱대고 환자가 원하니 집에서 임종하도록 해서는 안 되고, 환자와 가족에게는 죽음이 처음인 만큼 전문가의 도움이 필요하다. 그래서 의료진이 정기적으로 가정 방문을 하면서 환자와 가족을 도와줘야 한다. 다만 가정 방문 호스피스의 경우 환자와 가족들의 만족도가 매우 높지만, 우리나라에서는 수가가 낮아서 사실상 불가능하다.

전문인력이 한 번 가정 방문을 하게 되면 이동 시간을 포함해서 3시간은 너끈히 걸린다. 그러나 전문의 1명, 호스피스 업무에 종사한 경력이 2년 이상 되는 간호사 1명, 1급 사회복지사 1명이 가정 방문을 1회 할 경우 왕복 교통비 8,250원을 포함해서 도합 12만 6,270원이 국가에서 지급된다. 사무실 임대료는커녕 인건비조차 나오지 않는다.

호스피스 활성화를 위해 2021년 11월 보건복지

부는 '자문형 호스피스 수가 신설 및 개선안'을 의결하며 호스피스 팀에 소속된 의료인이 40분 이상 상담하고 '사전 상담 기록지' 등 수많은 서식을 다 작성하면 34,150원을 준다고 했다. 보건복지부는 전국적으로 약 6억 6천 만 원~ 9억 6천 만 원의 추가 재정이 소요될 것으로 전망했다. 암으로 사망하는 8만 명에게 1만 원 정도를 배정하고 이것으로 호스피스가 활성화된다고 했다. 어차피 각자도생의 나라에서 죽는 것도 각자 알아서 하라는 이야기로 들렸다. 이런 이유로 암 환자 중 실제 집에서 임종하는 경우는 7.3%에 불과하고 90.6%는 병원에서 임종하며, 호스피스를 이용하지 못하는 암 환자는 80%에 육박한다.

좀처럼 집에서 눈을 감을 수 없는 현실이 아쉬운 것은 환자들 때문만은 아니다. 나 때문이기도 하다. 종양내과 의사인 나 역시도 내가 암에 걸려 말기가 되고 임종기가 되면 평소에 살던 집에서 죽음을 맞고 싶다. 병원, 특히 대학병원에 있으면 전공의들이 맨날 피 검사하자고 하고 엑스레이 찍으라고 할 것이 뻔하다. 이

검사 저 검사를 해야 한다면서 자꾸 여기저기로 보낼 것이 명약관화다. 나는 나의 임종을 앞두고 그렇게 과도하게 검사받고 싶지 않다.

다행히 나는 의사이고 임종기 환자를 봐온 경험이 많으니 내가 임종기가 될 때 벌어질 의학적 상황에 대해 내가 지시할 수 있을 것 같다. 피 검사는 필요 없고 원하지도 않으며, 진통제는 지금 어떤 것이 잘 들으니 그것으로 유지해주고, 숨이 찬데 산소는 몇 리터로 해달라, 하는 식으로. 환자이지만 의료진이나 가족에게 부탁할 수 있을 것이다. 가족에게도 만일 내가 의식이 떨어지고 호흡이 거칠어지는데 소변까지 안 나오면 임종이 임박했다는 징조이니, 어디 가지 말고 하루 이틀만 내 곁을 지켜달라. 내가 죽고 나면 내 흔적을 남기고 싶지 않으니 무덤은 만들지 말아라, 하며 내가 원하는 임종을 만들 수 있지 않을까 싶다. 이것은 물론 내가 의사이고 임종기 환자를 많이 봐왔기에 가능한 일이다. 그럼에도 불구하고 현재의 상황을 보면 미래에 내가 눈감을 때 내가 원하는 대로 할 수 있을지 확신이 없다.

　그래서 환자들을, 가족들을 도와주는 제도의 부재가 무척 아쉽다. 경험상 미리 준비를 해둘수록, 계획이 구체적일수록, 가족과 대화가 잘될수록, 의료진이 도와줄수록 환자는 본인이 원하는 모습으로 죽음을 맞을 수 있다. 그렇게 될 때 떠나는 환자에게도 큰 도움이 되지만 무엇보다 남은 가족들이 평온하고 잘 살아내더라. 적어도 내가 지켜봐온 바로는 그렇다.

돌봄과 간병에 대한
짧은 생각

외래를 볼 때 의학적 상황 외에 환자의 기본적인
주변 사항에 대해 물어보곤 한다. 집이 서울인지, 병원
에 자주 방문하는 것에 문제는 없는지, 직장을 다녀야
하는 상황인지 등등. 그중 내가 가장 중요하게 생각하
는 질문은 케어 기버care giver, 즉 돌봄 제공자에 대한 질
문이다.

"집에서 돌봐주시는 분은 누구인가요?"
"저는 혼자 사는데 혼자 생활하는 것에 아무 문

제가 없어요. 특별히 저를 돌봐줄 사람은 필요 없는데
요."

"그러시군요. 그래도 무슨 문제가 생겼을 때 연락
하거나 돌봐줄 사람은 누가 계신지요?"

예전에 경험이 많지 않았을 때, 혼자 지내는 암 환
자분들을 항암치료하다가 문제가 생겼던 적이 종종 있
었다. 항암치료 후 힘들어서 쓰러졌는데 쓰러진 것을
아무도 몰라서 그대로 방치되었다가 동네 사람들에 의
해 119로 실려온 환자도 많았고, 빨리 병원에 왔으면 쉽
게 해결되었을 문제들을 방치했다가 크게 고생한 환자
도 있었다. 심지어 항암치료를 하다가 혼자 돌아가신
채로 발견된 환자도 있었다. 누가 되었든 돌봐주는 사
람이 옆에 있어서 식사라도 잘 하시는지 관찰만 했어도
벌어지지 않았을 일들이었다. 그런 일을 몇 번 겪은 후
로 돌봐주는 사람이 누구인지를 확인하는 버릇이 생
겼다.

스스로 거동이 가능하고 셀프 케어self care(자기 스

스로를 돌보며 먹고 자고 씻는 등의 기본 생활을 유지하는 일)가 되면 별 문제는 없다. 하지만 사람이 늙고 병들고 쇠약해지고 어느 시점이 되면 스스로 거동이 어렵고 자기를 돌보지 못하는 시점이 언젠가는 반드시 온다. 인정하고 싶지 않아도 그것이 현실이다. 나만 예외일 수 없다.

이런 순간이 오면 옆에서 식사를 챙겨주고, 용변 보는 일을 도와주고, 병원에 모시고 다니는 등의 기본적인 돌봄을 제공하는 사람이 있어야 하고, 이 조건이 충족되지 않으면 투병 생활을 하기 어렵다. 의사로서도 돌봄 제공자가 없는 환자에게 힘든 항암치료를 권하기는 쉽지 않다. 우리가 제대로 인식하지 못해서 그렇지 돌봄은 무척 중요하고 필요한 일이다.

한편으로 돌봄은 기본적으로 무척 힘들고 버거운 일이다. 돌봄 제공자의 희생이 어느 정도 수반될 수밖에 없다. 그러다 보니 우리 사회에서 돌봄은 대개 여성, 노인, 저임금 노동자에게 전가되곤 한다. 문제는 그렇게 돌봄이 누군가에게 떠밀려지면서 그 가치가 폄훼된다는 점이다. 가부장 중심의 문화에서 기득권 남성은 돌봄을 타인에게 시키면 되는 일이나 허드렛일, 혹은 저임금 서비스로 인식하기도 한다. 돌봄 노동은 공짜가 아니지만 눈에 잘 보이지 않는다는 이유로, 또는 힘 없는 사람에게 시키면 된다는 잘못된 생각으로 무가치한 취급을 받는다.

돌봄의 가치가 인정받지 못하는 것은 보험에서도 드러난다. 수백만 원 하는 고가 항암제는 보험 처리를 해주면서, 대소변 받아내는 간병인 비용은 보험 처리가 되지 않는다. 간병은 효도의 일종이니 가족들이 알아서 해결하라고 하는 것이 정부 입장에서는 보험 재정을 아끼는 방침이 된다. 의료 정책을 만드는 고위 공직자들이 대부분 돌봄 경험이 없는 기득권 남성임을 생각해보면 이해될 것이다.

비용만 문제인 것은 아니다. 암 환자의 가족 입장에서는 좋은 간병인을 제때 구하지 못해 발을 동동 구르는 일이 흔히 생긴다.

"선생님, 간병인 구하기가 너무 힘들어요. 잘 아는 좋은 간병인 없으세요?"

"제가 간병인 구하는 일까지는 어떻게 못하는데… 어쩌지요?"

병원에서는 좋은 간병인 구하기가 너무 힘들다는 하소연을 자주 듣는다. 투병 생활이 길어지면 어느 시점에는 가족이 돌보는 것도 한계에 이른다. 그러면 환자를 돌봐줄 간병인을 구하게 되는데, 코로나19로 인해 재중교포의 입국이 어려워지며 간병인 숫자가 많이 줄었다고 한다.

가족으로서는 간병인을 구하면서 간병인이 환자를 잘 챙겨줄지 혹시 안 보는 사이에 환자를 학대하지는 않을지 걱정스럽다. 불성실한 간병인을 만나면 힘든 환자가 더 고생한다. 소중한 가족인 환자의 병간호를 생면부지의 누군가에게 맡겨야 하는데 당연히 환자 돌보는 일에 능숙하고 성실한 간병인을 찾고 싶다. 거동이 어려워 스스로 일상을 유지하지 못하는 가족을 타인에게 맡겨야 하는 입장에서는 당연한 일이다.

의료진으로서도 일 잘하는 간병인이 환자 옆에 상주하면 좋다. 식사 수발은 물론이고 대소변 처리, 약 챙겨주기, 산책까지 베테랑 간병인이 척척 알아서 챙겨서 해주면 무척 든든하다. 환자도 더 빨리 회복한다. 그래서일까? 좋은 간병인은 환자가 퇴원할 때 아예 환자 집으로 함께 가기도 한다. 결국 그런 간병인은 누군가에게 고용되어 오래 일하니 결과적으로 좋은 간병인 찾기는 더욱 어려워진다.

반면 회진을 돌다 보면 자꾸 간병인이 바뀌는 환자가 있다. 종종 그 간병인을 다른 병동에서 만나면 하소연을 듣게 된다.

"안녕하세요? 지난번에 124 병동에 계셨는데 이번에는 94 병동에서 또 뵙네요."

"아… 교수님이시구나. 지난번에 그 환자분은 좀 그래서… 오래 못 하게 되었어요. 어쩌다 보니 그렇게 되었네요."

'좀 그래서'라는 짧은 말 속에는 많은 이유가 담겨 있다. 병원에서 오래 일하다 보면 많은 이야기를 듣는다. 환자나 보호자가 간병인에게 반말을 하거나 하인 취급하며 병간호 이외의 온갖 잔심부름을 시키는 경우도 많다고도 하고, 환자 상태가 조금이라도 나빠지면 보호자가 애꿎은 간병인을 몰아세우는 경우도 있다고 한다. 간병인으로서는 아픈 사람이니 잘해주고 싶다가도 정이 뚝 떨어지는 환자나 보호자가 있다는 말이다.

  누군가를 돌보는 이 소중한 행위가 폄하되는 탓에 돌봄은 가족 울타리 밖의 누군가의 몫이 되어도 이들에 대한 하대가 여전하다. 간병인처럼 돌봄을 제공하는 요양보호사의 경우 64.6% 폭언을 들어본 경험이 있고, 심지어 46.8%가 성희롱 피해 경험이 있다고 한다. 돌봄 노동자에 대한 인식과 처우는 여전히 낮아서 이들을 그저 잔심부름하는 부엌데기처럼 여기기도 한다. 그렇게 하대하면서 소중한 내 가족을 잘 돌보라고 맡기는 셈이다.

  혹 자신이 아픈 가족을 돌보는 일을 누군가에게

맡기고 있다면, 나 스스로가 좋은 고용인인지도 한 번쯤은 돌아볼 일이다. 사회적 존재인 우리는 누군가의 돌봄 없이 혼자 살지 못한다. 사람은 갓 태어나서 스스로 아무것도 할 수 없을 때, 부모의 희생적 돌봄 없이는 생존하지 못하고, 성인이 될 때까지 부모와 가족의 돌봄을 받아야만 한다. 성인이 되어 온전히 스스로 생활하게 되면 역할이 바뀌어서 아이를 낳고 돌보게 되며, 부모가 병들면 병든 부모를 돌보게 된다. 내가 늙고 병들고 쇠약해지면 이번에는 누군가로부터 돌봄을 받아야 한다. 우리는 평생 그렇게 돌봄의 빚을 주고받는다. 서로를 돌보며 의지하며 살아간다. 그러니 돌봄 노동자가 환자를 잘 돌봐주기를 바란다면 나 역시 그들을 존중해야 하지 않을까? 예의는 어느 한쪽만의 몫은 아니다. 돌봄 노동자에게도 최소한의 예의와 배려는 필요하다.

타인의 불행을
마주하는 태도

환자의 아들이 병실 밖으로 나와서 나에게 따로 물었다.

"제 어머니는 올해 12월에 첫 손주를 보시게 될 텐데 그때까지 사시긴 어려울까요?"

울먹이며 묻는 아들에게 나는 아무 말도 하지 못했다. 환자는 12월까지는커녕 한 달을 더 사시기도 어려워 보였다. 이대로 암이 나빠지다가는 다음 주에 돌아가셔도 이상하지 않을 상황이었다. 그렇게는 어렵겠다는 내 대답에 환자의 아들은 끝내 울었다.

"남들은 손주들 안아주며 행복하게 잘 사는데 왜 우리 엄마만 손주 보는 일이 허락되지 않는 걸까요?"

울고 있는 그에게 어떻게 말해주어야 할지 몰라서 있기만 하던 나는 '남들은'이라는 단어에 걸려 멈칫했다. 그가 말하는 '남들'의 범주에는 어떤 사람들이 속하는 걸까. 사실 그 병실에도, 옆 병실에도, 다른 많은 병실에도 그의 어머니와 같은, 혹은 더 상태가 좋지 않은 환자는 많았다. 그의 눈에는 다른 환자들이 보이지 않는 것 같았다. 이해되지 않는 것은 아니었다. 병원 안에서든 밖에서든 지독한 슬픔이나 고통 한가운데에 서 있는 사람은 타인의 아픔을 인식할 여유가 없다. 대개의 경우가 그렇다. 혹여 인지하더라도 쉽게 인정하지 못한다. 누구와 견주어도 내가 제일 아프고 불행하기 때문이다.

하지만 생각해보면 그만 그런 것이 아니다. 건강한 우리도 늘 남과 비교하지 않는가. 그리고 그 대상은 나보다 나은 사람, 아니, 나아 보이는 사람인 경우가 많고 그래서 자기 자신은 늘 부족하고 불행하다고 느낀다.

나는 그와 그의 어머니가 처한 상황이 그들만의 것이 아님을 알았으면 했다. 환자의 아들에게 그가 말하는 '남들'의 이야기를 해주었다. 20대에 삶을 마감한 젊은 암 환자, 아이를 암으로 잃은 부모, 손주는커녕 딸 결혼식에 딸의 손을 잡고 들어가지조차 못하고 죽은 암 환자, 열심히 살았지만 사기 당하고 노숙자가 되었다가 죽은 채로 발견된 독거 암 환자, 결혼하자마자 암에 걸리고 이혼 당해서 극단적인 선택으로 삶을 마감한 암 환자…. 사실 그런 사연은 이야기하자면 차고도 넘쳤다. 그러나 그는 내 말에 동의하지 않았다.

"그건 그 사람들 이야기예요. 그 사람들이야 그럴 수 있겠죠. 저한테 더 이상 그런 이야기 하지 마세요."

그는 다른 사람들의 사연을 듣고도 마음에 어떤 미동도 없어 보였다. 남의 고통은 자신과는 무관해 보였고, 그저 본인에게 왜 유독 이런 시련이 주어지는지에 골몰하여 고통스러운 것 같았다. 나는 그 태도에 '다른 사람들은 그런 시련이 있을 만해서 일어난 거였고 자신에게는 그런 일은 절대 없었어야 했다는 것인가?' 하는 생각에 울컥하는 마음이 되었다가 아차, 싶었다. 자기 불행도 감당하기 힘들어 하는 사람에게 일방적으로 남의 고통까지 들여다보라고 하다니 내 잘못이었다. 옆을 돌아볼 한 톨의 여력조차 없을 만큼 힘든 사람에게 그런 말을 해서는 안 됐다. 내가 나빴다.

그의 어머니인 이 환자의 경우 NGS Next Generation Sequencing라는 암 유전자 검사를 했을 때, 나쁜 예후와 관련 있는 독한 유전자들이 발견돼서 항암치료가 잘 듣지 않았고 암은 빨리 자랐다. 불행의 근본적인 원인은 암 세포 속에 있는 특정 유전자 변이였고, 이로 인해 예후가 좋지 않았다. 그러나 이 같은 생물학적인 설명을 거듭해봐야 그는 이해하지 못했고 수긍할 리도 없었다. 아들은 절규했다. 그에게는 자신의 울음소리만 들리는 것 같았다. 그는 이미 세상에서 자신이 가장 불행한 사람이었다.

작가 양귀자의 소설 『모순』에는 이런 말이 나온다. "나의 불행에 위로가 되는 것은 타인의 불행뿐이다." 그에게 위로가 되기를 바라고 타인의 아픔을 이야기한 것은 아니었다. 그저 자기 고통에만 골몰해 있는 그의 시선을 조금 돌리고 싶었을 뿐이었다. 아니, 어쩌면 그가 안타까웠는지도 모르겠다. 극심한 고통이 도처에 있기 때문이다. 그러나 타인의 불행으로도 그의 불행은 조금도 위로가 되지 않았고, 나는 그의 시선을 돌리지조차 못했다.

급기야 그는 나에게 따지기 시작했다. 내 어머니의 암은 왜 이렇게 독하고 빠르게 자라는지, 왜 유독 내 어머니만 항암치료가 듣지 않는 것인지. 의사인 내가 잘못 치료해서 이렇게 된 것은 아닌지, 병원이 잘못한 것은 없는지. 그렇지 않고서 본인의 어머니만 이렇게 나빠질 리 없다는 게 그의 생각이었다. 아들은 나를 원망했다.

나는 절규하는 그를 보면서 생각했다. 그에게는 내가 설명한, 아니 그가 고개를 돌리기만 해도 마주칠 수 있는, 더 상황이 좋지 않은 환자들은 그와는 무관한 완벽한 '타자'였을 수 있겠다고. 어쩌면 그가 이토록 불행하다고 느끼는 근본적인 이유는 그의 어머니 몸속에 존재하는 암 유전자나 독하게 자라는 암 덩어리가 아니라 '당연히' 그 자신에게는 절대 이 같은 고통이 있을 리 없다고 믿는 그 믿음이 아니었을까?

반면 그와는 다른 태도를 보이는 사람들도 있다. 의사로 오래 경험해보니 주로 나이 지긋한 여성분들이 그렇다.

"항암치료 받다가 38도 이상으로 고열이 나면 얼른 병원에 오셔야 해요."

"아이고… 우리 옆집 할머니 남편도 항암치료 받다가 열나서 고생했다던데 그거 말씀하시나 보네요."

이런 분들은 대부분 세상 온갖 풍파를 겪은 분들이고, 연세가 드신 후에도 끊임없이 남들과 소통한다. 그만큼 자신의 직접 경험뿐만 아니라 타인을 통한 간접 경험도 축적되어 있다. 타인의 고통에 대해서 늘 예민하게 촉을 세우고, 세상에 얼마나 다양한 일이 벌어지고 있는지 관심의 끈을 놓지 않는다. 타인의 불행을 온전히 다 이해하진 못해도 공감한다. 이런 분들에게는 타인의 불행이 나의 불행에 대한 위로로 그치지 않고, 공감에서 나아가 나의 괜찮은 오늘이 평범한 일이 아님을, 특별한 일이라는 사실을 스스로 느끼고 다른 사람도 느끼게 한다. 이분들에게 타인의 고통은 적어도 그들 자신과 별개의 것이 아니다. 자기 자신은 운이 좋았던 것일 뿐, 누군가가 겪는 고통이 언제든 자신에게도 찾아올 수 있다고 생각한다. 지금까지 무탈하게 살아왔음에, 건강을 유지하고 있음에 늘 감사한다.

　　또한 이분들은 소소한 일에도 감사할 이유를 찾아내는 재주가 뛰어나서 가끔 사람을 다시 보게 만든다. 열이 나지 않은 채 보낸 하루에, 통증 없이 보낸 며칠에

몹시 고마워한다. 그래서일까? 나는 자기 고통에 매몰되어 있는 사람보다 힘든 상황 속에서도 '그럼에도 불구하고' 감사할 거리를 하나라도 '기어이' 찾아내는 사람들에 더 마음이 간다. 그런 분들을 존경한다. 어려운 와중에도 행복한 이유 한 가지를, 그것이 아주 사소하고 소소한 이유라고 할지라도 기어코 찾아내는 사람들, 주어진 일상이 당연한 것이 아니라는 사실을 아는 분들이 존경스럽다.

그래서 때때로 여러 모습의 환자나 보호자들을 마주할 때 나 자신을 돌아본다. 나는 어떤 사람인가. 감사할 줄 아는 사람인가. 나에게 주어지는 것들을 당연하게 여기고 있지는 않은가. 당연한 것으로 여기던 것이 당연한 것이 아님을 알게 됐을 때 원망하고 분노하고 화를 내진 않았나. 호의가 지속되면 권리인 줄 아는 사람은 아니었나. 그런 생각이 들 때면 나는 언제나 부끄러워진다.

약보다
중요한 것

외래 진료를 끝내려는데 80대 환자분이 나가시기 전에 한마디 하셨다.

"근데 선생님, 나 무릎도 쑤신데 무릎 아플 때 먹는 약도 같이 주세요."

"무릎이 아프다고요? 암 때문에 아픈 건 아닐 것 같은데, 언제부터 그러셨나요?"

"아, 요거는 좀 오래 됐어요. 그냥 약 좀 주세요. 약 먹으면 좀 나아져요."

우리나라 사람들은 환자, 의사, 일반인 너나 할 것 없이 약을 참 좋아한다. 주사약, 먹는 약, 혹은 약이 아니지만 몸에 좋다면 이것저것 가리지 않는다. 의사가 약을 처방해줘야만 진료받은 것으로 인식하는 문화도 약 처방을 부추긴다.

　　보다 건강해지기 위해서 약을 찾는 일이 본디 나쁜 일은 아니다. 하지만 문제는 너무 많은 약이 우리의 삶, 특히 노인들의 삶을 위협한다는 점이다. 치료 위주로 세분화된 현대 의학에서는 자연스러운 노화마저 질병으로 바라보며 노쇠함을 치료의 영역으로 끌어들이고 있다.

　　"나이가 드니까 몸이 예전 같지 않아요. 비가 오면 허리도 아프고, 밥을 조금만 먹어도 속이 더부룩하고, 조금만 무리해도 무릎이 쑤셔요. 80년을 써먹은 몸뚱이가 어째 잔 고장이 없겠어요. 그러니까 무릎 아플 때 먹는 약 좀 주세요."

어르신들은 본래 소소한 증상이 많다. 그러면 주변에서는 병원에 모시고 가기 시작하고, 의사들은 약을 처방하기 시작한다. 무릎이 아프다고 하면 소염진통제, 속이 쓰리다고 하면 위산분비억제제, 소화가 안 된다고 하면 소화제, 속이 더부룩하다고 하면 장 운동 촉진제, 기억력이 좀 떨어졌다고 하면 뇌 영양제, 혈압이 조금만 높으면 고혈압약, 콜레스테롤이 높으면 고지혈증약, 중풍 예방 차원에서 혈전예방약 등 수많은 약이 노인들에게 처방된다. 게다가 몸무게가 45kg인 85세 할머니에게 80kg인 20대 청년과 같은 용량의 약이 처방되기도 한다. 약의 표준용량은 젊은 사람들 기준으로 만들어지기 때문이다.

이 노인 환자는 계속해서 무릎 아플 때 먹는 약을 달라고 했다. 가뜩이나 외래 진료도 지연되고 있는데, 환자와 실랑이를 하면 시간이 더 지연되기 때문에 잠깐 고민했다. 이럴 때는 환자가 원하는 대로 무릎 아플 때 흔히 처방하는 소염진통제를 처방하고 진료를 빨리 끝내기도 했었지만 이번에는 잘 달래서 그대로 돌려보냈다.

현재의 불행한 의료시스템에서 의사는 환자의 병원 밖 생활에 대해 관심 가질 여유가 없다. 어르신들에게 정작 중요한 일상생활, 식사, 수면, 거동, 배변, 감정상태, 사고능력 수준, 의지하는 지인, 주거환경과 같은 것에 대해서는 의료시스템이 관심 갖지 않는다. 전담 주치의 개념도 없고 닥터 쇼핑이 일상이 된 우리나라의 의료시스템에서 어르신들은 증상이 좋아지지 않으면 여러 병원을 다니며 여러가지 약을 처방받는다. 감기가 빨리 낫지 않으면 ○○의원에서 받은 감기약과 △△의원에서 받은 감기약을 비교해보며 감기약은 △△의원 약이 좋다는 품평회도 자주 벌어진다. 구조적으로 의사들은 다른 병원의 의사가 이 환자에게 무슨 약을 처방했는지 알 수 없다. 빨리 약을 처방해주고 보내는 일에 급급한 것이 현실이다. 다약제복용Polypharmacy(약물 과잉처방)의 문제에 대해 의사들은 놀랍도록 무관심하다.

한번은 잘 아는 어르신이 약에 대해 물어왔다.

"아니, ○○병원에서 이런 약을 주고 △△병원에서

는 이런 약을 주는데요. 병원에 갈 때마다 약이 하나씩 늘어나니 약이 너무 많아요. 다 비슷한 약인 것 같은데 의사가 먹으라는 대로 먹으니 하루에 먹어야 하는 약이 15알이 넘어요. 이 약을 다 먹어야 하는 게 맞나요?"

그분은 이렇게 말하고는 주섬주섬 약통을 꺼내 들었다. 약통에는 정체를 알 수 없는 흰색 동그란 알약이 가득했는데 약만 먹어도 배부를 것 같았다. 처방전을 살펴보니 중복되는 약이 많았다.

"어르신, 이 약, 이 약, 이 약은 필수적인 약이니까 꼭 드셔야 하고요. 나머지는 필수적인 것은 아니네요. 나머지 약은 그냥 다 끊읍시다."

"아니, 그래도 다 끊기는 좀 그렇지 않나요?"

"아니에요. 한번 약을 끊어봅시다."

나는 작정하고 환자인 어르신에게 세 가지 약만 남기고 모두 끊으라고 했다. 대신 매일 한 시간씩 무조건 걸으며 운동량을 기록하라고 했다.

　"에이⋯ 내가 나이가 있는데 어떻게 그렇게 매일 운동을 해요."

　"아니에요, 어르신. 무조건 걸으셔야 해요. 이번 주는 5천 보, 다음 주는 1만 보 다다음 주는 1만 5천 보, 그렇게 늘려보세요. 약을 끊는 대신 무조건 걸으셔야 합니다."

　어르신과 한참 실랑이를 하다가 결국 어르신이 매일 운동을 하기로 결론이 났다.

　처음에는 아무 변화가 없었다. 하지만 두 달 넘게 꾸준히 걷기 운동을 하자 어르신은 팔처럼 가늘었던 종아리에 근육이 붙고 소화가 잘되기 시작했다. 혈압, 혈당, 콜레스테롤 수치도 조금씩 떨어졌다. 노인 특유의 우울감도 나아졌다. 그렇게 석 달을 걷자 약을 먹을 필요가 없는 상태가 되었다. 그에게는 걷기가 최고의 명약이었다.

고령 환자의
병원 입원에 관하여

개인적으로 병원에 입원하는 것을 좋아하지 않는다. 내가 입원하는 것도, 환자가 입원하는 것도 마찬가지다. 의사가 입원을 좋아하지 않는다니 이상하게 느낄 수도 있겠지만 조금만 생각해보면 세상에 병원에 입원하는 것을 좋아하는 사람이 어디 있겠나. 아프지 않고 병원에 입원할 일 없는 것이 제일 좋은 것이다.

하지만 암 환자가 되면 좀 달라진다. 처음 외래에 오자마자 입원부터 할 수 있게 해달라고 하는 환자들도 많고, 외래에서 30분이면 끝나는 항암치료를 입원해서 받을 수 있도록 해달라고 사정하는 경우도 많다. 급성기 문제가 생겨서 입원한 후 문제가 해결되면 퇴원을 해야 하는데, 퇴원하라고 해도 퇴원하지 않으려는 분들도 있다. 그뿐만 아니라 집으로 가는 대신 요양병원으로 환자를 모시고 가겠다고 하는 보호자도 있다. 특히 고령의 암 환자들을 둔 보호자들이 이런 요구를 많이 한다.

이들의 사연은 다양하다. 자식들이 맞벌이라서 집에 환자를 돌봐줄 사람이 없다, 근처 요양병원이 시설이 잘되어 있다, 부모님이 집에 계시는 것을 불안해하고 병원을 좋아하신다 등등…. 사실 연로한 환자를 집에 모시지 않고 병원에 입원시키면 자식들은 편하다. 베테랑 간병인을 만나서 간병인이 잘 챙겨주면 자식들 입장에서는 신경을 덜 써도 된다. 비싼 시설에 모시면 효도하는 것 같은 느낌도 든다. 하지만 팔순의 노인, 특히 팔십 중반의 노인들이 요양차 병원에 입원하게 되면, 입원해 있다는 이유만으로 상태가 나빠지거나 돌아가시는 일이 허다하다.

우선 병원에 입원하면 움직이는 공간이 제한된다. 집에 계시면 집 밖에도 나가보고, 방과 거실을 오가기도 하고, 소파에 앉았다 일어나기도 하고, 화장실도 다녀오고, 식사하러 부엌까지 이동하는 등의 소소한 활동을 한다. 하지만 병원에 입원하면 아무리 1인실이라고 하더라도 공간적인 여유가 없다. 다인실이면 주어진 개인 공간이 침대로 국한되니 누워 있는 일 외에는 딱히 할 일이 없다. 또한 노인들은 새로운 환경에 적응을 잘 못 하는 편이라 산책 삼아 병원 안에서 복도를 걷는 것조차 꺼린다.

하지만 침대에 누워만 있게 되는 데서부터 문제는 여러 갈래로 뻗어나간다. 누워만 있으니 소화가 잘 되지 않아서 입맛이 떨어지고 자연스럽게 식사량도 준다. 다리에 근육도 빠진다. 원래 보통의 젊은 사람도 침대에 2주만 누워 있으면 다리의 근육이 다 빠져서 못 일어나게 되는데, 노인들은 근육이 빠지는 속도가 빠르고, 한번 빠진 근육을 다시 만들기는 무척 힘들다. 병원에서 지내는 노인들을 관찰해보면 대부분 종아리가 팔처럼 가늘고 흐느적거리는 걸 쉽게 볼 수 있다.

근육이 빠지면 모든 측면에서 다 나쁘다. 균형 잡는 능력도 떨어지고 몸의 신진대사 능력도 떨어진다. 일어나는 속도도 느려지고 걸을 때도 휘청거린다. 노인 환자가 밤에 화장실에 가려고 일어서다가 침대에서 낙상하는 경우가 있는데 바로 그런 이유다. 그런데 병원에서 환자가 낙상하면 환자 안전 문제 때문에 병원이 곤란해지므로 침대에서 일어나 움직이려고 하면 간호사가 와서 낙상 위험이 있으니 내려오지 말라고 한다.

이렇게 침대에 누워서만 지내려면 또 한 가지 문제가 대소변을 침대에서 봐야 한다는 점이다. 졸지에 화장실도 못 가게 되고 누가 와서 소변줄을 꽂고 기저귀를 채우고 가버리는데, 기저귀를 차고 침대에 누워서 대변을 보는 일은 참 곤혹스럽다. 누워서 대변을 보려면 배에 힘이 들어가지도 않고, 대변을 치워야 하는 간병인에게도 미안한 일이다. 특히 설사라도 하면 난감해진다. 내 항문을 누군가에게 들이밀고 내가 싼 변을 닦도록 하는 일은 여간 자존감이 떨어지는 일이 아니다.

내가 완전히 쓸모 없는 사람이 된 것 같고, 간병하는 사람의 눈치를 볼 수밖에 없다. 아무리 간병인이 환자 본인의 자식이라고 해도 마찬가지다.

그런 환자를 돌보고 환자의 대변을 치워야 하는 사람 입장에서도 하루 이틀만 지나면 지친다. 아무리 베테랑 간병인이고 수고비를 넉넉히 준다고 해도 일주일이 지나면 못 하겠다고 가버리는 일이 드물지 않다. 결국 환자는 대변을 보는 것이 눈치보여 참게 되는데, 그러면 변비가 생기게 되고, 아랫배가 더부룩하니 다시 식사량이 줄게 된다. 식사량이 줄어 수분 섭취가 안 되면 대변은 돌덩이처럼 딱딱해져 더 나오지 않는다. 게다가 움직이지 않아서 욕창이 생기면 세균 감염을 막겠다고 항생제를 쓰는데, 항생제를 쓰면 장내 세균이 손상되어 설사를 하게 된다. 악순환이다.

문제는 이뿐만이 아니다. 온몸의 근육이 다 빠져버리기 때문에 삼킴 근육도 기능이 떨어져 식사할 때 사레가 걸리게 된다. 이 상황이 반복되면 폐렴이 생길 수 있어서 이제 입으로 먹으면 안 된다면서 콧줄을 꽂는다. 콧줄을 꽂는 일은 환자에게는 고역이고 이것을 유지하는 일은 더 고통스럽다. 콧줄이 들어와서 목을 계속 자극하기 때문에 목이 답답하고 아프다. 그러니 자다가 무의식적으로 콧줄을 잡아 빼게 되는데, 그러면 의료진이 와서 다시 꽂는다. 어떨 때는 콧줄을 못 빼도록 손발을 묶어 놓기도 한다.

졸지에 소변줄, 콧줄, 기저귀를 찬 채 사지를 결박당하면 사람이 정신을 온전히 유지하기 어렵다. 심각한 경우에는 환자가 풀어달라고 소리를 지르고, 병원에서는 환자에게 섬망 증상이 생겼다면서 섬망 약을 준다. 섬망 약을 먹으면 사람이 기운 없고 까라지고 축 처져서 잠만 자고 때로는 정말로 헛것이 보이기도 한다.

그렇게 천덕꾸러기 신세가 되다가 완전히 드러눕게 되면 한 달을 못 버티고 돌아가신다. 특히 팔순 중반의 노인분들은 아무리 잘 케어해도 한번 드러누우면 대부분 한두 달을 버티지 못한다. 불편하고 끔찍하게 들릴 수 있지만 이게 현실이다. 중환자실에 가지 않으면 그나마 다행이다. 그런데 이 시점에 이르면 가족들은 이야기한다. 한 달 전만 해도 멀쩡하셨다고.

사실 이 모든 사달의 발단은 입원이다. 병원에 입원만 하지 않았어도 그럭저럭 지냈을 분들인데 병원에 입원해서 누워 있음으로 인해서 명을 재촉하게 되는 것이다. 당연히 의료진은 최선을 다했고, 가족들도 최선을 다했다. 그런데 어르신은 돌아가셨다. 이게 과연 의료이고 효도인 걸까?

물론 사람마다 개인차가 있고 병원마다 시설이나 프로그램이 다르니 차이가 있다. 섣불리 일반화해서 이야기하기 어려운 점이고 위와 같지 않은 경우도 많다. 위의 이야기가 극단적으로 들릴 수도 있지만 현실에서 자주 보는 일이다. 그러나 의료진도 이런 나쁜 결과에 대해서는 잘 이야기하지 않는다.

그러면 어쩌라는 거냐, 대안이 뭐냐고 물으면 의사인 나 역시도 분명한 답을 할 수 없다. 정말 집에서는 환자를 돌볼 수 없어서 입원시키는 것 말고는 다른 대안이 없는 경우도 있기 때문이다. 그런 분들에게 무턱대고 입원하지 말라고 하는 일 또한 옳지 않다는 걸 안다. 다만 병원이라고 해서 마냥 좋은 곳이 아니라는 이야기를 하고 싶을 뿐이다.

결국 하고 싶은 말은, 최대한 환자가 스스로의 일상생활을 유지할 수 있어야 한다는 것이다. 적어도 먹고 씻고 용변 보는 일은 마지막 순간까지 최대한 스스로 할 수 있도록 유지해야 한다. 팔순 중반의 어르신들은 최대한 병원에 입원하지 않을 수 있도록 집에서 걷는 연습을 하도록 하고, 식사하실 때는 천천히 꼭꼭 씹어서 드실 수 있도록 하고, 대소변은 잘 보시는지 체크하는 것이 가장 중요하다. 정말 노쇠해지면서 어쩔 수 없이 스스로 생활이 어려워지는 순간이 오면 그때는 입원도 고민해봐야겠지만, 그 시기에 이르면 이제는 환자와 작별할 순간이 다가오고 있다는 것도 염두에 두고 병원으로 모셔야 한다.

그리고 마지막으로 이 점도 중요하다. 병원에서 최소한의 인간다울 수 있는 선택은 무엇인지, 인간의 존엄을 어떻게 지킬 것인지에 대해 의료진과 미리 상의해야 한다. 우리 가족은 콧줄은 안 할 겁니다, 우리 가족은 중환자실은 안 갈 겁니다, 피 검사는 안 할 겁니다, 이런 것을 미리 상의하고 정해놔야 한다. 이런 이야기를 하면 의료진 대부분이 반기지 않을 수 있다. 왜 치료를 안 받으려고 하느냐, 그럴 거면 다시 집으로 모시고 가라는 식의 말도 들을 수 있다. 하지만 이렇게 미리 이야기하는 가족이 환자를 포기하는 가족이 아니라 정말 환자를 위하는 가족이라고 생각한다. 병원이 마냥 좋은 곳은 아니고 입원이 가장 이상적인 방법은 아니다.

환자가 아닌
사람으로
살아가기 위해

 침샘암으로 세상을 떠난 소설가 최인호 씨는 마지막 순간까지도 '환자로 죽고 싶지 않고 작가로 죽고 싶다'라고 이야기했다고 한다. 현대 의학의 발전 속도는 놀라울 정도여서 죽음이 임박한 순간에도 어떻게 해서든 살아는 있게 해준다. 인공호흡기, 승압제, 심폐소생술, ECMO(체외막산소요법)를 하면 숨은 쉬고 심장은 뛴다. 말할 수 없고 의식은 없어도 멎었던 심장을 강제로 뛰게 하고 죽은 폐에 강제로 공기를 불어넣어 숨쉬게 해준다. 그렇게 현대 의학은 인간의 수명을 늘렸고 임종도 늦췄다. 죽음으로부터 생명을 지켜냈다.

하지만 현대 의학이 지키지 못한 것이 있다. 바로 우리 삶의 가치이다. 현대 의학의 가치와 환자 삶의 가치가 다를 수 있다는 것을 우리는 오랫동안 외면해왔다. 생존기간이 얼마나 늘어났는지, 검사 수치가 얼마나 좋아졌는지에 대한 의학적 근거evidence는 계속 쌓이고 있으나, 이로 인해 '환자'가 아닌 '사람'이, 그의 삶이 얼마나 어떻게 좋아졌는지에 대한 근거는 쌓이고 있는지는 의문스럽다. 오죽하면 근거 중심 의학에서 가치 중심 의료로 선회하자는 목소리가 나오고 있을 정도일까.

삶의 가치는 곧 그 사람이고 그의 정체성이다. 하지만 병원이 삶과 죽음을 규정짓고 환자와 비환자도 병원이 규정짓는 가운데, 삶의 가치가 서 있을 곳은 점차 모호해지고 있는 것은 아닌가 싶다. 단순히 환자와 비환자로 규정되는 사이에 사라져버린 삶의 가치와 인간의 존엄을 우리는 어떻게 해야 할까? 건강과 질병, 삶과 죽음 사이에 놓여 있는 수많은 가치를 배제하고 인간을 환자와 비환자로 규정짓는 것은 과연 온당할까? 일본의 철학자 미야노 마키코는 『우연의 질병, 필연의 죽음』(다다서재, 2021)이라는 책에서 "아픈 사람의 정체성이 환자라는 점에 고정되는 순간 그의 앞에 놓인 인생의 수많은 가능성이 사라져버리며 주변 사람과의 관계 역시 환자와 보호자로 경직되어 의미 있는 관계 맺기가 불가능해진다"라고 말했다. 그녀는 인간이 하나의 점에 고정되지 않고 타인과 함께 세상에 자신만의 궤적을 그리며 살아가야 비로소 삶의 가치를 지켜낼 수 있다고 거듭 강조한다.

현대 의학과 병원의 영향력이 점차 커지는 사회, 질병과 죽음에 대한 사유가 부족한 사회, 가치에 대해 무감각한 사회. 이런 사회에서 병원에 휘둘리지 않고, 환자가 아닌 병을 가진 '사람'으로 살아가기 위해서, 또는 환자로 죽지 않고 '사람'으로 죽기 위해서 우리는 무엇을 해야 할까? 사람이 마지막까지 사람으로서 살 수 있는 길은 무엇일까.

　　책이 나오기까지 감사해야 할 분들이 많다. 짧든
길든 나와 인연을 맺은 환자분들과 그 가족분들. 책의
방향에 대해 함께 고민해주고 거친 문장을 다듬어준
김수진 편집자. 글 쓴답시고 주말마다 방에 틀어박힌
나를 이해해준 가족들. 무엇보다도 이 글을 읽음으로
써 책을 완성해준 독자분들. 이들이 없었다면 나는 삶
과 죽음의 경계 속에서 내가 마주한 현실을 바라볼 수
도, 질문들을 생각할 수도 없었을 것이다. 사람의 삶과
죽음을 통해 바라본 현실은 질문을 낳았고, 답을 찾아

가는 과정에서 또 다른 현실을 보게 했다. 전에는 보이지 않던 것들을 응시하며 어스름했던 삶과 죽음의 모습이 점차 선명해졌다.

그 과정에서 나는 다른 사람들로부터 도움을 많이 받았다. 이유 없이 가슴이 먹먹할 때, 삶이 삶은 고구마처럼 답답할 때, 파도처럼 슬픔이 밀려올 때면 특히 그러했다. 그럴 때마다 다른 사람들의 삶과 죽음은 나를 비춰주는 거울 같은 역할을 해주었다. 밀려오는 변곡점에서 삶을 변화시키는 일은 내 몫이었지만, 변화를 끌어내는 마중물은 타인이었다. 마중물이 들어오다 보면 그들이 나였고 내가 그들이 되었다.

삶과 죽음의 경계에서 바라본 이 풍경 속에서 우리 자신을 마주한다면, 삶과 죽음 사이에서 발견한 질문들에 답을 찾아가다 보면, 우리는 그렇게 우리가 되고 우리 삶은 더 깊고 단단해지리라 믿는다. 마중물은 들어왔고 이제 나머지는 우리의 몫이다.

경계의 풍경이 묻다

: 삶과 죽음 사이에서 발견한 오늘을 위한 질문들

ⓒ 김범석, 2024

1판 1쇄 발행 2024년 2월 7일
지은이 김범석 펴낸이 김수진 편집 김수진
펴낸곳 ㈜인티앤 출판등록 2022년 4월 14일 제2022-000051호
주소 경기도 파주시 아동로 7 풀잎문화센터 4층 가24호
전자우편 editor@intiand.com
디자인 이영케이 김리영 제작 세걸음 인쇄·제본 상지사

ISBN 979-11-93740-01-9 03810